Val de Grâce

Colombe Schneck

Val de Grâce

ROMAN

© Éditions Stock, 2008

*Pour Marine et Antoine
du Val de Grâce*

Hier à l'heure du déjeuner, j'étais allongée, nue, sur le dos.

Saïda a fermé les yeux en pétrissant de ses deux mains mon ventre. C'était la première fois que je me rendais chez elle, un studio aux murs tendus de satin jaune pâle.

J'avais besoin que quelqu'un s'occupe de moi. Ma vie heureuse à Raspail était en miettes.

Elle m'a posé cette question :

« Quelque chose dans votre corps s'est bloqué à trente-six ans. À cet âge-là, qu'avez-vous vécu de particulier ?

— Rien, vraiment, rien. J'avais trente-cinq ans quand ma mère est morte, après avoir eu son esprit et son corps peu à peu paralysés par une tumeur au cerveau. À trente-sept ans, j'étais enceinte et j'ai eu la petite fille dont je rêvais. Mais à trente-six ans. Rien. »

J'avais tout oublié.

La chance inouïe d'avoir passé les vingt-trois premières années de ma vie au Val de Grâce.

Le lendemain, j'ai commencé à écrire ce livre.

J'avais donc trente-six ans quand nous avons vendu Val de Grâce. Il n'y avait ni obligation ni urgence. Le notaire nous l'avait expliqué «Vous pouvez payer les droits de succession avec l'argent que vos parents ont laissé à la banque.»

Avec ma nouvelle famille, nous aurions pu occuper le Val de Grâce. «Trop grand, trop sombre, bruyant», a déclaré le père de mes enfants. La décision a été prise en quelques minutes. Vendre. Val de Grâce dont je peux décrire sans erreur la résistance, le grincement, le fouillis de chaque tiroir. Il n'y avait pas d'urgence pourtant. Vendre une partie de moi-même qui ne m'appartenait pas vraiment. Personne pour déclarer «Voilà, il est à vous, tout ce passé.»

Nos parents détestaient l'idée que nous puissions être un jour des héritiers. Ils ne nous avaient pas donné tous ces biens. Ils nous les avaient abandonnés.

Un déjeuner à La Closerie des Lilas, j'ai douze ans.

Mon père dit « Je dépenserai tout avant ma mort. Rien de pire qu'une succession. Et puis, l'idée que vous pourriez vous disputer avec ton frère et ta sœur, pour de l'argent. Berk, cela me dégoûte. » Je le rassure « Mais l'argent ne les intéresse pas. »

Quand le serveur arrive avec nos plats, un steak tartare avec des frites pour mon père, un haddock poché à l'anglaise pour moi, à mon tour je prends un air dégoûté, j'ai vraiment envie de frites. Mon père sourit, il prend mon assiette, me donne ses frites et il me dit « Cela tombe bien, j'avais vraiment envie de poisson. »

Et je pense « Pour rien au monde je ne laisserai à d'autres toute cette immense richesse qui m'a été offerte jusqu'à présent. »

Trente-six ans de vie, dont vingt-trois au Val de Grâce. Deux cents mètres carrés, dans un immeuble haussmannien en pierre de taille adoucie par des briques roses. Deux cents mètres carrés diminués à cent soixante-dix, trente-cinq ans après sa création et le passage d'un géomètre expert en loi Carrez.

Une évidence, je ne peux pas rêver d'une meilleure enfance. Nous habitions dans le plus beau quartier de la plus belle ville du monde, capitale d'un pays envié par la terre entière. Nous étions libres et heureux. Nous avions le droit de tout. Le monde tournait autour de nous et nous regardait avec envie. Comme aujourd'hui il regarde ma vie à Raspail.

Je ne pouvais laisser cela à d'autres. Et le désir est le même que quand j'ai visité Raspail la première fois. Voilà, c'est chez moi, comme quand j'étais petite et que nous étions si heureux. Un salon, une salle à manger, un parquet et des boiseries. Comme si Val de Grâce pouvait se résumer à cela, un grand appartement parisien.

Comment j'en étais arrivée à ce point à oublier ses leçons ?

Est-ce que l'on me pardonnera d'avoir été aimée à ce point ? Est-ce que l'on me croira quand j'avouerai que nous avions un compte dans la boulangerie la plus proche et le droit de prendre autant de gâteaux et de bonbons que nous le souhaitions ?

Mais pour raconter l'histoire du Val de Grâce, il faudrait que je sois capable d'avouer une autre histoire, une histoire que j'ai oubliée et à peine vécue.

Elle ne ressemble pas au Val de Grâce d'avant. Celui où rien de malheureux ne pouvait nous atteindre. De la maison de mon enfance, je peux décrire la moindre éraflure du parquet avant qu'il ne soit recouvert d'une moquette beige en 1982, puis l'usure de cette moquette quand Val de Grâce a été vendu en 2002. Je peux tout justifier, la disparition de Madame Jacqueline, celle de mon père, le suicide de T. Mais comment raconter les boursouflures du visage d'Hélène quelques jours avant sa mort, ses pommettes russes qui avaient disparu, ses yeux verts ternis, l'ovale de son visage noyé dans un goitre qui était apparu en une nuit, ses chevilles si fines, gonflées d'eau. Seuls les cheveux bruns étaient toujours là, la chimiothérapie les avait épargnés.

Tout s'est passé exactement comme le Dr S. D. l'avait prévu « Votre mère en a pour cinq, six mois maximum. Elle va d'abord perdre l'usage de ses membres, puis de la parole. Elle passera par une phase de dépression. Puis elle s'enfoncera doucement dans le coma. Elle ne se réveillera pas. Le mieux est que vous la gardiez chez vous, rue du Val-de-Grâce. On peut lui proposer une chimiothérapie compassionnelle. Le traitement aura peu d'effet mais amoindrira les désagréments du glioblastome. Un casque réfrigérant lui permettra de ne pas perdre ses cheveux. Elle doit croire, tant qu'elle est consciente, qu'elle s'en sortira sans séquelles. Faites-vous aider. Vous pouvez me joindre à tout moment. »

J'étais là, tous les jours, rue du Val-de-Grâce et pourtant j'étais absente. La preuve, je ne me souviens de rien. J'ai aidé ma mère à s'habiller, je l'ai installée sur les toilettes, je lui ai tendu du papier pour s'essuyer puis elle n'a plus été capable de s'essuyer elle-même. Je l'ai nourrie à la petite cuillère. Je l'ai vue pleurer. Je lui ai menti « Dans un an, tu auras à peine une légère gêne à la main droite, là où tout a commencé. Cela n'a pas d'importance puisque tu es gauchère. »

Je me suis cachée pour ne pas être témoin de la catastrophe. J'ai souhaité secrètement une accélération des événements puisque l'issue était fatale.

La paralysie des membres. Hélène disant « Ça alors, c'est bizarre je ne sens plus mes jambes. Étonnant comme sensation, comme si j'étais paralysée. Bon, c'est une expérience intéressante. Cela me fera des trucs à raconter plus tard. Je m'attendais à un cancer du poumon mais, celui-là, il est vraiment surprenant. » Et nous riions de bon cœur. « Dingue comme histoire. Un petit doigt raide et tu te retrouves avec une tumeur au cerveau. » Et Hélène répétant « Cette tumeur, pour une surprise, c'est une surprise. Je me voyais pourtant très bien avec un cancer du poumon. L'avantage avec une tumeur au cerveau est qu'elle n'est pas douloureuse. » Elle a ajouté « Grégory a fait boum. » Comme le petit garçon dans *L'Argent de poche* de François Truffaut, elle était tombée du huitième étage et rien de grave ne lui était arrivé.

Et moi « Même pas mal, tu te rends compte. Un cancer qui ne fait même pas souffrir. C'est bien notre chance. »

Elle sait qu'elle va mourir et fait semblant de ne pas savoir. Hélène a commencé une psychanalyse en 1982. Elle n'a suivi que quelques séances. « Tu te rends compte, s'était-elle alors justifiée, il m'a demandé pourquoi mes parents avaient eu des soucis pendant la guerre. »

Cette fois encore, le psychiatre ne viendra que deux fois pour écouter Hélène car l'épisode de la dépression est bref lui aussi. Hélène n'est plus dépressive, elle est juste folle, gâteuse, gaga, elle parle comme un tout petit enfant. Elle répète la même question « Je vais m'en sortir ? »

Fin juin, elle va mieux. On s'en persuade.

Hélène reçoit la Légion d'honneur pour son travail en faveur des enfants handicapés. Le Val de Grâce d'avant réapparaît. Il faut organiser une fête, acheter des robes neuves, inviter du monde, déplacer les meubles, débattre des meilleures adresses pour trouver les bons gâteaux, et du champagne. Le temps de tout organiser, d'acheter la médaille, il est déjà trop tard.

Elle ne parle plus. De la salive coule de ses lèvres, qu'il faut constamment essuyer. Son corps s'est déformé.

Le jour de la cérémonie, il faut faire semblant que tout va bien. Qu'il s'agit d'un jour de fête, et non d'un simulacre tourmenté, d'une copie déformée par la mort du Val de Grâce d'avant. Alors je suis là, sans être là. Je trouve tout laid, la robe, le buffet, le sourire faussement attendri des invités, le bonheur de ma mère.

J'ai fui et j'ai tout oublié. Mon oncle raconte comment Hélène avait violemment viré sa mère de sa chambre. Je n'en ai aucun souvenir. Elle ne voulait pas que sa mère la voie malade. Je côtoie ma grand-mère tous les jours dans la cuisine du Val de Grâce. Elle allume sa cigarette avec un Zippo. Ne veut rien, peut-être un verre d'eau ou du thé. Sa fille se meurt, que peut-elle désirer ? Rien n'est désirable sauf sa guérison. Injuste, elle a vu tant de gens mourir avant elle. Alors elle fume dans la cuisine de sa fille. Parfois dans le salon. Elle n'entre pas dans la chambre qui n'est pas encore mortuaire. Elle se tient droite. Ne se plaint jamais. Elle rit même. De son rire saccadé qui ne cache pas son chagrin mais se superpose à lui. Elle rit parce qu'il faut bien rire et que, s'il fallait pleurer, elle aurait pu passer sa vie entière dans les larmes. Nous sommes en juin, elle porte un pull-over et son imperméable. Elle ne l'enlève pas, même assise dans la cuisine. Elle fume et la cendre de sa cigarette tombe sur son imperméable en petites taches noires. Elle les laisse. En quoi sa vie serait différente si son imperméable était propre ? Elle a sûrement trop chaud et soif. Elle doit être épuisée. Elle a quatre-vingt-quatorze ans. Elle se tient droite. Elle se parfume d'une eau de toilette de jeune fille. Miss Dior. Elle est prête à participer à toute conversation, ne veut rien rater. Chaque cigarette peut être la dernière. Elle vient avec son parapluie et son chapeau de pluie à carreaux beiges, noirs et rouges. Elle pose des questions. Elle demande « Mais c'est quoi exactement la maladie d'Hélène ? »

On lui ment. Alors elle repose la question. Tous les jours. Qui lui donne la bonne réponse ? Peut-être moi parce que je suis la moins gentille. Elle continue à poser la question. Car cela la rassure. Poser des questions dont elle connaît déjà les réponses. Cela nous a toujours fait rire.

Avant c'était « Tu étais avec qui au cinéma hier ? » ou « Qui est venu dîner au Val de Grâce ? Des gens que je connais ? »

Là, il a fallu se concerter. Comment ne rien dire alors qu'elle sait déjà tout. Elle peut repartir chez elle. Elle vit seule boulevard Saint-Michel. Elle aime boire un verre de vin rouge ou du Schweppes quand il fait chaud. Elle aime déjeuner à La Closerie des Lilas. Elle commande un haddock. Il faut l'aider. La sauce coule sur son menton. Elle déchiquette les épinards. Il faut couper le poisson en petits morceaux. Ne pas s'inquiéter du regard des autres. Elle nous a habitués, tout doucement, à cette nouvelle façon de vivre à l'envers. Aux enfants de s'occuper des grands puisqu'ils sont grands à leur tour et que leurs parents redeviennent des enfants. Je ne le savais pas. Mon père me rassurait « Les parents doivent tout à leurs enfants, leurs enfants ne leur doivent rien. » « Ce que pensent les autres a peu d'importance. »

Cela je le savais.

Ce sont les cinq mois les plus longs de ma vie.

Val de Grâce est en deux jours transformé en hôpital. Un lit à barreaux, une chaise roulante, le passage des infirmières, des médecins, d'une aide-soignante.

La chambre d'Hélène est la première à avoir perdu son aspect originel. Le lit ancien avec ses montants en fer forgé, ses angelots dorés, le couvre-lit en piqué blanc, assorti aux rideaux. Tout cela est remplacé par un lit d'hôpital. Il est livré par la société Bastide, spécialiste dans le maintien à domicile des malades et des personnes âgées.

La société Bastide a également fourni une chaise roulante et une chaise en moleskine marron dont l'assise se soulève et dévoile un petit bassin en plastique. Une chaise percée. Il y a aussi une table roulante en Formica marron qui se glisse sur le lit et permet de prendre ses repas allongé. Cet ensemble marron nous a été proposé par téléphone par le représentant Bastide. Il connaît la procédure. Pose des questions sur la taille des portes, de l'ascenseur. « Tout est parfait », dit-il avant de raccrocher.

Tous ces nouveaux meubles marron ont pris la place de ceux d'avant. Le canapé capitonné en velours vieux rose, si usé qu'il laisse échapper des fils de crin, et son fauteuil assorti. Les deux tables de chevet anglaises aux pieds en acajou cannelé. Celle de gauche a un plateau en marbre noir. Celle de droite est recouverte d'osier tressé. Les deux sont envahies par différents objets. À droite, un cendrier creusé dans un morceau de marbre, un autre qui semble être constitué de sucre durci, une cartouche de Gitanes sans filtre, une grosse boîte d'allumettes de cuisine, dans les tiroirs, des médicaments pour s'endormir et d'autres pour ne pas s'inquiéter. Des livres récents, des journaux déjà lus. Un téléphone en plastique bordeaux avec son écouteur. Du côté gauche, où personne ne dort, des piles de livres plus anciens. Sur chaque table, on a fait de la place pour des lampes Tiffany aux verrines rose et jaune. Un livre d'Isaac Bashevis Singer rose sert de cale pour un radio-réveil Sony carré. Il disparaît avec tout le reste comme nous l'a conseillé le représentant de chez Bastide.

Ne restent qu'un tapis bleu décoré de scènes bucoliques, un agneau, une bergère, des fleurs. Une armoire en acajou aux portes recouvertes d'un fin grillage de laiton. Il permet d'apercevoir des rayonnages sur lesquels sont rangés des livres sur la psychologie des enfants et leur éducation, dont *Libres Enfants de Summerhill* et *La Beauté de vos enfants*. Le compliment qu'Hélène répète le plus souvent, avec fierté, « Vous êtes les plus beaux. » Les notes à l'école, bien se tenir à table, obéir, tout cela est secondaire. Sur le côté droit de l'armoire sont exposés nos dessins d'enfant. Une grand-mère et son amoureux, un chat, un poney, trois bonshommes, les traces de nos mains dans des ronds en plâtre, différents chefs-d'œuvre datant des années soixante-dix. Les invités sont encouragés à admirer.

L'incroyable accumulation sur la cheminée en marbre qui fait face au lit survit elle aussi. Le buste de femme en bois qui supporte des dizaines de colliers colorés en pâte de verre si entremêlés qu'il est impossible de se saisir d'un bijou sans retirer tous les autres. Une photographie en noir et blanc dans un cadre en argent. Celle du meilleur ami de mon père. Il pose devant un sapin couvert de neige.

Son fils s'appelle Bébéchien, sa femme s'est remariée. Lui, nous ne le connaissons pas. J'ai appris son histoire bien après la fin du Val de Grâce. Il est mort quelques semaines après son mariage dans un accident de voiture alors qu'il rejoignait sa femme pour une semaine de vacances. Elle ne savait pas encore qu'elle était enceinte. Au Val de Grâce, nous ne partons jamais en vacances en voiture.

Devant cette photo, un ensemble en argenterie pour coiffeuse, un peigne, une brosse toute cabossée aux poils trop doux pour coiffer, une tige mystérieuse qui, après explication, sert à faire et défaire les minuscules boutons des bottines pour dames. Une collection d'instruments en écaille de tortue. Un peigne, un chausse-pied, une brosse à habits. Toujours sur le manteau de la cheminée, une petite cagette en métal doré qui contient une multitude de bracelets. Certains dorés aussi, d'autres en plastique. Un orange décoré d'une pastille violette. Un composé de perles en lapis-lazuli. Une coupelle en bois pour les bagues fantaisie. Elles sont en plastique, en bois, en or, tout est mélangé. Une de ses bagues a un nom. Elle s'appelle Casablanca. Une grosse bague en or dont le cabochon en aigue-marine déclinée comme un coucher de soleil est décoré de deux minuscules palmiers en or. Elle n'a pas le droit à un traitement de faveur, enfouie sous les autres. La seule dont je connaisse l'histoire. Achetée à Venise, « elle a été fabriquée par un bijoutier de Hollywood pour la première du film *Casablanca*. Ingrid Bergman l'a portée très longtemps puis l'a revendue en Italie », avait raconté le vendeur.

Elle n'est jamais portée comme les autres bijoux de la cheminée. On les emprunte pour les déguisements de sorcières et de fées.

Ces bijoux ont droit de rester sur le manteau de la cheminée.

Il faudra juste faire un peu de place pour les médicaments.

Il y en a beaucoup, pourtant ils ne servent à rien, la maladie est incurable. Il faut quand même faire avaler à la mourante une dizaine de cachets compassionnels par repas, la forcer à se nourrir, arrêter les cigarettes, souffrir un peu comme s'il n'y avait pas assez de souffrance.

« Ce n'est pas comme si j'allais mourir trop jeune et trop grosse », se justifie ma grand-mère maternelle en allumant une cigarette avant d'entamer une part de gâteau au chocolat géante.

Le petit canapé en velours vieux rose si râpé qu'il laisse échapper des fils de crin disparaît aussi. Là, Hélène téléphonait à son amie Laure. Pendant des heures, elles parlaient de T., notre voisin du quatrième étage. Tout en causant, elle fumait des cigarettes sans filtre et retirait de sa bouche de petits bouts de tabac. Elle mangeait des grappes de raisins, en recrachant la peau. Les petits cadavres vert-noir, les grains de tabac dans la soucoupe, tout cela disparaît avec le canapé.

Entre le canapé et le fauteuil, il y a une table ronde recouverte de livres, de journaux, de tasses à thé et de soucoupes. Elle a été escamotée. À la place, le représentant de chez Bastide a installé ces fauteuils en plastique si laids, la table roulante avec son plateau amovible qui imite le bois.

D'avant il y a encore les rideaux en piqué de coton blanc, les tableaux, l'accumulation sur la cheminée, la petite armoire.

Quand on entre désormais dans la chambre d'Hélène, seul un angle de vue permet de ne pas voir les changements. Il faut se plaquer contre la cheminée, sans regarder ni à droite le nouveau lit, ni à gauche le trumeau en miroir qui reflète la table roulante, et regarder bien en face les rideaux. Voilà ma place.

Dans les autres pièces, les meurtrissures de la maladie sont plus discrètes. La chaise roulante un peu trop large et difficile à manier a abîmé la peinture des plinthes. Sous les roses, les verts, les bleus, apparaissent des taches plus anciennes d'un beige incertain.

Dès l'entrée, ce n'est pas la peine d'ouvrir les yeux pour comprendre que tout a changé. Val de Grâce n'a plus la même odeur.

Val de Grâce sentait un mélange de tabac froid et d'effluves de Guerlain. Maintenant, ce qui vous prend d'emblée à la gorge, c'est une odeur de produit ménager pour effacer tout ce qui sent mauvais. Un produit à la pêche écœurant pour ne pas respirer les véritables odeurs de la mort. La pisse, la merde.

Tout cela, je l'ai oublié.

En quelques heures, après la mort de ma mère, tout a repris sa place. La société Bastide est venue reprendre ses biens. Le corps d'Hélène repose sur son grand lit avec ses angelots, ses fleurs en fer forgé peint en blanc avec, à côté, les tables recouvertes de livres, le petit tapis bleu avec ses scènes champêtres, le canapé capitonné en velours vieux rose et les deux fauteuils crapauds assortis. On peut s'asseoir une dernière fois, boire un thé dans un verre, fumer, téléphoner. Le canapé s'affaisse dangereusement. Comme s'il ne s'était rien passé. Il a pourtant été relégué cinq mois dans le bureau de l'entrée. Une dernière tentative pour le faire revivre car, dans quelques mois, il faudra partir. Le canapé si abîmé sera jeté. Les meubles plus chanceux seront vendus, trouveront une place dans des appartements plus étroits.

Je compte les jours et les semaines. Cinq mois depuis le 1er avril 2001. Je suis dans mon beau bureau tout blanc. Elle m'appelle « Il m'arrive un drôle de truc. » Le 5 avril, le Dr S. D. nous dit « Elle en a pour cinq mois. »

En juillet un scanner montre que la tumeur grossit moins vite que prévu.

« Elle peut tenir jusqu'à Noël », a expliqué le radiologue comme s'il s'agissait de la meilleure nouvelle du monde.

Elle est morte le 3 septembre. Et je suis soulagée.

En quelques heures, le lit à barreaux est parti, avec la chaise roulante et la pompe à morphine. On l'a installée dans son vrai lit, immense, en fer forgé peint en blanc.

Et j'ai voulu oublier. Comment elle était devenue laide, infirme, folle. Si j'écris cela, ma mère si belle s'est transformée en monstre, c'est moi le monstre. Elle est toujours ma mère, déformée, des taches sur sa chemise de nuit, toujours elle mais sans pudeur, gémissant, refusant de se nourrir, à qui on parle comme à un bébé. On lui ment. On lui propose une promenade au Luxembourg. Elle a une robe neuve, de cette marque italienne qui lui plaisait tant quand elle était normale. Mais qu'est-ce qui est normal ? Ce qui n'est plus ? Sa tête penche comme un bébé de quelques mois. Elle paraît apprécier. Était-elle normale avant le 1er avril ? Son adolescence cachée dans un couvent ? Rien de normal, dans sa vie ni dans la nôtre. Son travail avec les enfants pas normaux.

Elle ne voyait pas la différence entre eux et nous.

« Vous êtes les mêmes. »

Et pourquoi, moi, je n'y arrive pas ? Si j'avais vécu cette histoire, aujourd'hui, je pourrais écrire un bon livre.

Je n'ai que de vagues souvenirs et, dans ce flou, quelques images très précises.

Une corbeille en osier posée dans l'office de la cuisine. Elle est remplie de vieilles cartes postales, de listes de courses déjà faites avec son écriture d'avant, de Post-it déchirés, de feutres desséchés, un bleu, un vert et un rouge. Aucun n'a conservé son capuchon. Une ordonnance pour ses lunettes. Tout est inutile. La corbeille est encombrante, l'osier est déchiré. Personne n'ose la jeter. Je compte les jours. À sa mort, je jetterai tout. Ce sera mon premier plaisir. C'est moi le monstre.

Après Val de Grâce, quand tout est vendu. Je me dis « Et si elle revenait ? » Comment lui expliquer que la corbeille avec ses listes de courses a disparu, comme tout le reste ? Ses meubles et ses vêtements ? Que Val de Grâce ne lui appartient plus ?

Que lui dire ? Que le Dr S. D. nous avait prévenus et que tout s'est passé comme il l'avait dit ? Qu'il nous avait demandé de lui cacher la vérité ?

Il faut qu'elle sache. Mais, si elle le souhaite, elle peut habiter chez moi. Il y a des compensations. Balthazar a grandi. Il a une petite sœur. Elle s'appelle Salomé. Pourrait-elle comprendre que nous avons tout vendu ? Il nous reste quelques meubles, des photos, des tableaux. Si elle le souhaite, nous pouvons les lui rendre. Lui rendre aussi l'argent, enfin une partie de la somme qui provient de la vente de Val de Grâce.

Elle pourrait s'acheter autre chose. Un autre appartement, forcément plus petit mais peut-être plus confortable. Le canapé en cuir, les lampes Daum, le tableau représentant la petite fille en manteau noir et son chien, sa fine montre Cartier, tout cela existe encore. Le reste, si elle préfère, on peut l'oublier ensemble. Son corps enflé par la cortisone, son nez déformé, ses mêmes phrases qu'elle répétait, inquiète « Mais je vais m'en sortir. On peut oublier. » Le kinésithérapeute odieux qui la gronde « Vous ne faites aucun effort. Si cela continue, vous ne marcherez plus jamais. »

Le radiologue qui n'a que deux minutes dans un couloir pour expliquer ce traitement qui est inutile. Juste le temps de s'exclamer. « Incroyable qu'à ce stade de la maladie, elle parle encore. »

Ce serait injuste. Tout n'est pas mauvais. Juste la vie du Val de Grâce qui continue autrement. Normal, pas normal. Quelle est la différence ? Val de Grâce est rempli comme à l'époque de ses débuts. Le bruit de la sonnette est le même. Le bruit des pas sur les épaisseurs de moquette et de tapis identique. Comme avant, les repas sont servis sans ordre dans la cuisine, dans la salle à manger ou dans le salon.

Il y a une nouvelle dame. Elle s'appelle Nadia. Elle est « accompagnatrice de fin de vie ». Elle cuisine des plats inhabituels. De l'agneau très épicé avec de la sauce tomate. Des desserts à la crème. Elle nous force à manger.

Elle a l'habitude de la mort. Cela ne lui fait pas peur. Elle ne fait pas semblant, elle ne nous fait pas croire que cela ira mieux. Elle raconte la vérité, comme le Dr S. D. Elle dit « C'est dur de rester toute la journée au Val de Grâce. Occupe-toi de ton petit garçon. Va te promener. Pars en vacances. »

Alors, tout est beaucoup plus facile. Elle est gaie aussi. Je lui promets ma reconnaissance éternelle, je lui offre mon amitié, au moins de lui donner des nouvelles après, quand on n'aura plus besoin d'elle.

Elle me dit « Non, tu ne le feras pas. Tu auras envie d'oublier. »

Moi qui n'oublie rien, je me souviens des cinq tiroirs de ma chambre d'enfant, le premier pour les petites culottes, le deuxième pour les chaussettes, le troisième pour les tee-shirts, le quatrième pour les affaires de gymnastique, le cinquième pour mon déguisement de Ginger Rogers, j'oublie le nom de la maladie.

Je dois le demander. Mais c'était quoi déjà ce mot que nous avons eu vingt fois par jour à la bouche pendant cinq mois ? Un glioblastome. Une tumeur au cerveau qui grossit si vite qu'elle paralyse une main, puis le bras en quelques heures. Il n'existe pas de traitement. Qu'elle grossisse plus vite, qu'on en finisse. Cinq mois et trois jours. La peine est entière.

Je peux tenter la fuite, cela ne sert à rien.

Que reste-il aujourd'hui de ces cinq mois ?

J'ai dix ans, je suis le membre fondateur d'un concours dans lequel je suis l'unique participante vivante. Les autres concurrentes sont des princesses des temps lointains. Le thème du concours est le suivant « Qui est la petite fille la plus heureuse dans l'histoire des origines à nos jours ? » Il n'y avait aucun doute sur ma place dans ce classement. La première, bien sûr.

J'imaginais bien une princesse qui pourrait me ravir le titre. Mais non, elle devait s'ennuyer. Elle n'habitait pas au Val de Grâce. Elle n'avait pas une famille peuplée de personnages excentriques et attachants, une mère aussi belle et un père aussi blagueur. Elle n'avait pas tous mes livres, n'allait pas dans mon école avec ses maîtresses si gentilles qui exigeaient très peu de travail, n'obtenait pas d'aussi bonnes notes en travaillant aussi peu.

Elle n'avait sûrement pas une vie aussi passionnante que la mienne. Elle n'avait pas la chance d'avoir des grands-parents immigrés, des parents survivants.

Elle n'était pas aussi riche et n'avait pas d'aussi belles robes car, à son époque, ces robes n'existaient pas encore.

Elle n'habitait pas au Val de Grâce, une maison magique où tout ce qui arrivait de l'extérieur, personne, animal, objet, subissait une transformation radicale. Il devenait très beau.

Le Val de Grâce avait sa légende, celle de sa quête. On avait eu beaucoup de chance de le découvrir en septembre 1968, faveur d'un notaire qui réglait une succession.

« Trois cent mille francs, à peine la moitié du prix du marché », jubilait ma mère. Il n'est alors qu'un appartement bourgeois sans chauffage dans les salles de bains. « Mais comment faites-vous l'hiver ? » avait demandé Hélène à la propriétaire. « Mais on ne se lave pas l'hiver », avait-elle rétorqué.

Val de Grâce avait le pouvoir de redéfinir le plan de Paris. Un centre de gravité idéal qui donnait aux rues excentrées un air fade. Tous ces lieux qui avaient failli être achetés, je les regardais avec dédain. Des brouillons ratés. Un immeuble moderne très laid derrière le Faubourg-Saint-Jacques. « Trop moche. »

On passait tous les dimanches soir, en rentrant de Chevreuse, devant l'immeuble du Faubourg-Saint-Jacques.

« On aurait pu vivre là », je pensais avec dégoût, un immeuble des années soixante, sans tapis d'escalier rouge et vert, sans ascenseur avec une grille et une porte en fer forgé à motifs de fleurs de lis assortie au tapis de l'escalier. Saint-Jacques, une lointaine banlieue du Val de Grâce.

« De nombreux psychanalystes réputés vivent ici, Faubourg-Saint-Jacques. On était vraiment emballés », tentait de justifier notre père. Ils avaient visité un appartement rue Gay-Lussac, trop bruyant, un autre rue des Écoles, sans ascenseur, celui du boulevard de Port-Royal, il manquait une chambre. Des dizaines d'autres qui n'avaient laissé aucun souvenir.

La rive droite n'avait fait l'objet que d'une visite. Une trouvaille. Une petite maison à Montmartre, villa Léandre. Trop étroite, avec quelques mètres de jardin devant et loin de tout, affirmait ma mère. Mais loin de quoi ? Comme si Val de Grâce était déjà le centre du monde ?

Car pour nous c'était une évidence, il était un idéal géographique.

Tout Paris s'articulait autour de notre appartement. Un premier cercle très restreint qui regroupait la rue Henri-Barbusse, où habitait notre grand-mère Paulette, le boulevard Saint-Michel de notre grand-mère Ginda. À quelques mètres de la boulangerie de madame Colin qui fabriquait les meilleurs croissants au beurre avec leur forme unique, tout en longueur et pointus pour les distinguer des croissants ordinaires que nous n'achetions jamais.

Un deuxième cercle plus large englobait la station de RER Port-Royal, qui nous permettait de rejoindre en quarante-cinq minutes le vendredi soir la maison de week-end à Chevreuse.

Le petit Luxembourg qui nous appartenait et qui avait été conçu pour nos jeux et agrémentait le chemin vers notre école, rue d'Assas.

Une seule chose nous gênait : la pelouse qu'il fallait contourner afin de traverser le jardin et rejoindre la rue des Chartreux. Il était interdit de la traverser et cela rallongeait notre parcours d'une centaine de mètres. Mon père a écrit au maire. Le bel équilibre de la pelouse a été rompu par un chemin. Pendant dix ans, les écoliers ont ainsi pu traverser le jardin, gagner quelques mètres. Nous avons grandi, nous n'avions plus besoin du raccourci et, naturellement, l'herbe a repoussé.

Sur le chemin de l'école, un marchand de bonbons et un marchand de jouets étaient placés là exprès pour notre seul plaisir. Il suffisait d'une légère déviation pour passer devant le restaurant où le père de ces enfants gâtés pourris déjeunait tous les jours. Je pouvais réciter par cœur la carte des desserts. Je les ai tous essayés. Marquise au chocolat, profiteroles, chocolat liégeois, tarte aux poires avec un fond d'amande.

Nous aurions habité rue Gay-Lussac ou rue des Écoles et notre chemin vers l'école et donc notre vie même auraient perdu de leur perfection. Ni marchand de jouets et de bonbons ni marquises au chocolat. Seul Val de Grâce nous offrait toutes ces chances.

Une adresse laissait un léger sentiment d'envie.

Le haut de la rue de Tournon, en face du Sénat. Un immeuble dont l'un des murs aveugles était recouvert d'un grillage vert très élégant. Un marronnier le cachait du passage des voitures.

Mon père soupirait en évoquant cet achat raté. Le vendeur, au dernier moment, avait renoncé à vendre. « Un appartement qui est dans la famille depuis trois générations. » Alors, lorsque la voiture familiale empruntait la rue de Vaugirard, au niveau du Sénat, elle se détournait rapidement de la rue de Tournon, pour remonter la rue de Médicis. Éviter ainsi les regrets. Nous étions sauvés. Deux carrefours plus loin sur le boulevard Saint-Michel et nous étions chez nous, rue du Val-de-Grâce. Nous n'aurions pas été chez nous rue de Tournon. Trop distingué, trop français, trop chic avec ses hautes fenêtres. Nous n'étions pas des bourgeois, attachés à leurs meubles et à leurs immeubles, incapables de vendre. Nous n'avions pas de nostalgie pour des maisons de famille. Nous étions des immigrés. Les maisons qui appartenaient aux arrière-grands-parents n'avaient rien d'enviable. Celles du côté paternel à Bistrista en Transylvanie et d'un village polonais qui n'avait plus de nom. Celles des arrière-grands-parents maternels à Ponivej en Lituanie et en Bessarabie, un pays qui n'existe plus.

Des lieux où personne n'a jamais eu envie de vivre et qui n'inspirent aucun regret. Les maisons familiales avaient certainement été détruites. Elles n'étaient pas transmises de génération en génération comme les appartements de la rue de Tournon. Et s'il en restait des ruines, nous n'avions aucun droit dessus. Celle de Ponivej, vidée de ses habitants, avait été transformée en local du Parti communiste.

Après la chute du mur de Berlin et la politique de restitution des biens nationalisés par les Soviétiques, mon oncle avait demandé des informations sur cette maison familiale. « Vous n'avez aucun droit sur cette maison car vous avez quitté le pays », lui avait expliqué un fonctionnaire lituanien, mal informé de ce qui avait pu se passer pendant la guerre dans son pays.

Il n'y avait que ma grand-mère Paulette pour évoquer avec nostalgie l'appartement qu'elle avait partagé avec Max avant la guerre. « Même genre que le Val de Grâce. Un peu plus grand peut-être. » Il y avait aussi l'appartement de l'avenue de Friedland et une photo devant la porte cochère, de ma mère, son petit frère dans un landau et leurs parents. La photo date de 1937.

Nos parents et nos grands-parents avaient souffert. Je n'avais pourtant qu'une idée très vague de ce que signifiaient ces souffrances mais juste le sentiment qu'il fallait profiter d'être en vie. Chez nous. Sans aucun regret pour un meilleur passé. Il avait été enterré. Avec Val de Grâce, notre vie recommençait à neuf et pour le mieux.

Chez nous, la mort et le malheur semblaient enfouis pour de bon. La tumeur d'Hélène nous a ouvert la porte d'un autre monde, celui dans lequel on peut mourir aujourd'hui, maintenant. Dans le Val de Grâce d'avant la tumeur, on ne croyait pas au mal, on pensait que tout s'arrangeait un jour, que tout était une bénédiction même si, parfois, elle était déguisée.

Il y avait T. et ses cris, mon père et son goût pour les extravagants voyages, Madame Jacqueline et ses rires d'incompréhension devant notre situation.

À quel monde appartiennent-ils ?

Madame Jacqueline arrive tous les matins à 8 heures. Elle prépare notre petit-déjeuner comme dans un palace. Presse des oranges, mélange le chocolat en poudre et le lait doucement pour qu'il n'y ait ni grumeaux ni bulles d'air.

Elle aère les chambres et les débarrasse des odeurs de la nuit.

Elle m'habille jusqu'à l'âge de douze ans. Elle brosse et natte mes cheveux. Parfois j'exige une queue-de-cheval ou un chignon. Elle nous accompagne à l'école, nous ne sommes jamais en retard. Vient nous rechercher à l'heure du déjeuner. L'idée d'un repas à la cantine me coupe l'appétit. Je n'ai fréquenté celle de mon école qu'une semaine.

Elle retraverse le petit Luxembourg pour nous ramener à 14 heures et encore une fois à l'heure du goûter. Entre-temps, chaque pièce de l'appartement a été entièrement aspirée, les meubles et objets dépoussiérés. Les salles de bains et la cuisine nettoyées. Le linge lavé, reprisé et repassé. Elle coud des étiquettes blanches avec nos prénom et nom en rouge sur tous nos vêtements, même les chaussettes et les culottes.

Elle consacre tous ses après-midi à deux grands baquets en plastique. Le premier, bleu clair, contient le linge à repasser. Le deuxième, jaune citron, le linge à repriser. Elle trie : d'un côté, ceux qu'elle recoudra, de l'autre, ceux qui serviront de chiffons. Madame Jacqueline nettoie les vitres avec des culottes en soie, essuie la poussière des meubles avec des lambeaux de chemise.

Les plus beaux chiffons servent à la restauration d'une couverture en patchwork ancien représentant un soleil et rapporté des États-Unis. Sa remise en état dure cinq ans. Il ne contient plus aucun morceau de l'œuvre originale mais rassemble toute l'histoire vestimentaire du Val de Grâce. Pyjamas d'enfant en éponge, culottes Petit

Bateau à rayures roses et blanches, chutes de jean et de veste en tweed.

À notre retour de l'école, Madame Jacqueline beurre nos tartines du goûter, essuie les miettes derrière nous. Nous n'avons pas le temps ni l'idée de l'aider. Elle repart à 19 heures, nous sommes propres, rassasiés. Tout nous paraît normal.

Je me plains car, une fois par semaine, c'est à mon tour de mettre la table pour le dîner des enfants. Trois assiettes, trois fourchettes, trois couteaux, trois petites cuillères, trois verres. Je soupire « C'est vraiment pas drôle. »

Madame Jacqueline nettoie la litière de mon chat et lui donne à manger car les odeurs de Sheba me donnent des haut-le-cœur.

J'ai reçu Titus comme cadeau d'anniversaire pour mes huit ans, mais il m'a fallu dix ans pour comprendre qu'il n'avait jamais été mon chat mais celui de Madame Jacqueline. La nuit, car elle est absente, il accepte de dormir avec moi, de parcourir mon ventre de ses griffes afin de chercher la meilleure place possible, de jouer d'un coup de patte avec les pages de mes lectures. À la disparition de Madame Jacqueline, Titus s'est laissé mourir de faim. Refusant le Sheba que je lui ouvre en me pinçant le nez, refusant mes caresses, je ne suis pour lui qu'une imposture. La véritable maîtresse du Val de Grâce, il le sait, est Madame Jacqueline.

Nous ne sommes des enfants ni de bourgeois ni de bohèmes, juste des enfants mal élevés. On arrive à dix et on salit tout. Je ne sais pas reboucher un tube de dentifrice, rincer la baignoire, remettre la serviette mouillée en place. Je ne sais pas non plus faire mon lit, ranger mes jouets, plier mes vêtements, me coiffer et m'habiller toute seule. Je laisse mon assiette sale, mes couverts sur la table. J'invente des recettes de gâteau au chocolat, j'abandonne les casseroles, les plats, le moule, les stigmates de mes tentatives sans jamais penser à les effacer. J'ai appris à me servir d'une machine à laver la vaisselle et d'une machine à laver le linge, j'avais vingt-cinq ans. Je suis encore incapable de repasser. Je ne connais pas le coût des choses.

L'argent n'existait pas. Il n'y avait ni abondance ni souci. On n'en parlait pas. J'ai dix ans et je pose la question à mon père « On est riches ou on est pauvres ? » Il répond « On est moyens. » Je crois que c'est vrai, les autres vivent comme nous. Je n'ai jamais eu d'argent de poche, je ne sais pas économiser, faire des comptes, faire attention. Je ne regarde pas les prix avant d'acheter. Je dépense, je distribue. J'ai dix-huit ans et mon premier compte en banque. On ne m'explique toujours rien. De l'argent est transféré chaque mois en fonction de mes dépenses. En un mois, je dépense douze mille francs, ma mère me dit « Tu dois faire attention. » J'apprends que l'argent est limité. Je n'ai pas vu que les rideaux du salon sont usés au point que l'on peut voir au travers, que les tapis sont troués, que les peintures sont si abîmées que d'anciennes couches sont visibles.

Je devais être aveugle et sourde. Je trouvais tout très beau.

Je crois que l'on vit ainsi partout. Madame Jacqueline rit. Elle n'a jamais vu cela. Elle ne s'habitue pas à nos gros mots et à nos mauvaises habitudes. Dans quel monde vivons-nous pour elle ?

Madame Jacqueline habite avec son fils et son mari dans une loge de concierge à quelques mètres de la maison, rue Henri-Barbusse.

Deux fois seulement en dix-huit ans je me suis rendue chez elle. Chaque fois, je suis restée sur le pas de la porte. Elle ne m'invitait pas à entrer. Je n'en avais pas le désir.

Ni elle ni nous n'avons envie de mélanger sa vie, sa vraie vie, dans la nôtre. Elle sait tout de nous. Nous n'avons pas envie de savoir que l'on peut vivre autrement.

Elle aurait pu me faire comprendre que la vie n'est pas si simple. Je soupçonnais qu'elle avait une existence en dehors de la nôtre. Un mari, un enfant. Je ne connaissais de sa vie que des bribes. Elle offrait tous les dimanches à sa famille une baguette viennoise. « Un délice », justifiait-elle les yeux brillants devant cette extravagance qui me semblait en être une aussi.

« Trois francs cinquante pour une viennoise, m'avait appris Madame Jacqueline, le double du prix d'une baguette. »

J'ai embrassé son fils pour la première fois, il avait mon âge, le jour de l'enterrement de Madame Jacqueline. Nous ne nous fréquentions pas. Pas même à l'école, nous étions dans une école privée, lui dans le public. Nous ne l'avions jamais vu au Luxembourg.

Elle était née en Bretagne, je ne sais quelle année, elle était le pivot de nos vies d'enfants et je ne peux rien raconter d'elle qui ne soit pas elle à travers nous.

Quelques jours avant sa mort avait été prise la seule photographie de Madame Jacqueline. Une photo un peu floue d'une jeune femme brune aux cheveux courts, vêtue d'une blouse en Nylon bleu pâle. Elle se tient derrière une énorme machine à coudre posée sur la table en Formica kaki de la cuisine. Un panier en plastique jaune cache ses jambes.

On prenait beaucoup de photos au Val de Grâce, Madame Jacqueline en était toujours absente. On apercevait Dominique, la première nounou, Madame Jacqueline, jamais.

J'ai regardé les photos de fête où elle faisait le service, habillée pour l'occasion d'une robe (sa plus belle robe?) bleu marine à petites fleurs blanches. Elle est là aussi manquante. Une main qui sert un plat de salade de pommes de terre. Est-ce la sienne?

Elle est arrivée en même temps que nous au Val de Grâce en 1968, elle est morte la même semaine que François Truffaut, en octobre 1984. Nous étions des grands et l'information ne pouvait nous être cachée.

« Voilà, Madame Jacqueline est morte et on est vraiment tristes », a dit mon père. On était vraiment tristes. Et notre vie a commencé à changer mais nous ne nous sommes pas rendu compte tout de suite que Val de Grâce entamait son déclin.

Madame Jacqueline n'a pas été remplacée. De manière imperceptible, les choses se sont figées. J'ai petit à petit remarqué les taches sur le tapis rose, orange et jaune de l'entrée, l'usure de la trame. Les yeux des tisserands se sont couverts d'un voile gris. De la poussière.

Et puis la tumeur est arrivée. Elle a attendu que nous ayons suffisamment grandi. Elle est venue clore l'histoire du Val de Grâce.

Val de Grâce a ainsi eu un début enchanteur, un apogée, un déclin suivi d'une fin tragique. Une vie longue et riche.

On a appris à se débrouiller. À faire nos lits, à préparer nos petits-déjeuners, à ranger les tasses et les assiettes dans la machine à laver. On a eu presque vingt ans pour apprendre à trier, nettoyer, à découvrir la vraie vie, celle où l'on meurt et où l'on travaille.

Un mois après la mort d'Hélène, ses enfants ont organisé une fête pour remercier ceux qui avaient vécu toute l'histoire.

Une fête comme avant. Avec de la musique et beaucoup trop de choses à manger. Les plats de fête du Val de Grâce. Des salades de pommes de terre, de la viande froide, des cornichons malossol, de la vodka à l'herbe de bison, ces gâteaux un peu secs que l'on trouve dans l'est de l'Europe.

Les vêtements d'Hélène sont suspendus sur ces cintres comme dans un magasin pour que chacun puisse emporter un souvenir.

Les mailles italiennes de toutes les couleurs ont beaucoup de succès. Elles sont de nouveau à la mode après une décennie d'oubli. Je tente de fourguer de vieilles ceintures et des sacs qui n'ont pas eu cette chance, celle du retour d'affection. Les essayages se succèdent. Des poses devant le long miroir de la salle de bains des parents. On se déguise comme avant. Pour les amies d'Hélène, c'est comme repasser devant le magasin de bonbons et le magasin de jouets. Chacun à tour de rôle joue à la marchande.

Les pull-overs si luxueux, les chemises en soie dans un camaïeu de quinze bleus différents.

Laure, sa meilleure amie, est là. « Je me souviens qu'après la disparition de T., Hélène m'a dit "Viens avec moi, on va te trouver une jolie robe." Je n'ai rien pu acheter. Je n'avais aucun désir pour rien. Je me suis assise dans le magasin et j'ai admiré ta mère. Elle a essayé cette robe en crêpe rouge avec le décolleté si savant. »

Avec quinze ans de retard, Laure, l'amie d'Hélène, est partie avec.

Le lendemain de la dernière fête, le lent travail de dépeçage commença. On était prêts.

Jeter les cartes postales et les ordonnances, les listes de courses et d'activités pour les enfants, les menus. Le petit panier d'osier dont une des poignées avait disparu depuis longtemps et qui avait la charge de rassembler ces papiers n'ayant rien à faire ensemble.

La première chose que j'ai jetée, et cela m'a paru très facile, presque agréable de m'en débarrasser.

Ce panier était posé sur le meuble d'office de la cuisine.

À sa gauche, un téléphone noir, un Minitel beige et marron. Et, le long du meuble, des livres de cuisine. Celui de Ginette Mathiot, édition 1967, rafistolé avec de gros morceaux de papier collant. *La Cuisine est un jeu d'enfants*, de Michel Oliver, *La Grande Cuisine minceur*, de Michel Guérard et ses recettes infaisables. Voilà, ces livres étaient numéro deux dans la liste des choses à faire disparaître. Le Ginette Mathiot est en lambeaux, le Guérard, inutile, le livre pour enfants est couvert de taches de gras, de chocolat et de vieilles croûtes. Ils sont là dans ma nouvelle maison, pâle copie du Val de Grâce.

Le meuble d'office abrite les produits d'entretien, des bouteilles entamées, des flacons dont il manque parfois les bouchons. En dix minutes, tous avaient trouvé preneur. La machine à coudre, le fer à repasser aussi. Le quilt qui n'a plus rien d'ancien et qui retraçait à sa façon toute l'histoire du Val de Grâce a disparu. Il était rangé dans un panier en plastique jaune caché dans la partie basse du meuble d'office.

Quand on a eu tout rangé, trié, vendu, donné du Val de Grâce, il fallut jeter. Ne pas être sentimental. Jeter les nombreuses assiettes ébréchées dans lesquelles nous avions si joyeusement soupé, les vêtements de luxe si vite démodés. Les chaussures même pas bonnes à être données à l'Armée du Salut, des babies argentées, des espadrilles basques. Un maillot de bain Eres orange avec de gros boutons violets. Jeter. Les soucoupes en bon état mais sans tasses assorties. Les casseroles, les poêles qui nous avaient pourtant si bien servi, si fidèlement, si longtemps. Les casseroles qui avaient été si modernes en 1978 avec leurs manches amovibles pour être rangées facilement. Des modèles que l'on ne fait plus.

Agrippé sur le bord de l'évier de la cuisine, un appareil qui épluche les pommes, les coupe en rondelles et retire le trognon. Acheté dans un magasin de cow-boys de l'Ouest américain, il a été utilisé deux fois.

et doré. Quand les enfants ont grandi on a remplacé la toile cirée bleue qui recouvrait les murs de leurs chambres. Chacun a pu choisir une nouvelle couleur. Mauve chez le grand garçon, des rayures multicolores chez la fille aînée, encore du bleu chez la plus petite. La chambre des parents est passée d'un tissu à carreaux roses et beiges à un piqué en coton crème, comme le couloir des chambres. Le bureau est peint en vert amande et rose. Avec le temps, Val de Grâce s'est un peu assagi.

Quand des acheteurs éventuels l'ont visité nous avons compris par leurs regards étonnés qu'ils n'avaient jamais visité un tel assemblage de couleurs et de formes étranges.

Pour nous, cette accumulation était parfaitement naturelle. Les murs dorés et les meubles de boulangerie, le fauteuil Charles Eames qui servait de manège. Au-dessus de la cheminée du salon était accrochée une immense toile. Elle représentait une petite fille habillée d'un manteau de fourrure noire, d'une toque assortie. Elle tenait en laisse un chien noir aussi grand qu'elle. Elle n'était pas centrée mais posée de telle façon qu'un des bords coupait le manteau de la cheminée en son milieu et que l'autre dépassait largement sur la droite.

L'impression de désordre laissait vite place à la réalité, celle d'une harmonie entre chaque meuble, chaque objet, chaque tableau.

Dans la salle à manger, les murs sont recouverts de toiles naïves de la fin du XIXe siècle. On peut admirer une vache géante, une carrière de sable, une usine avec ses hautes cheminées rouges, une dame très laide légèrement moustachue, un officier à képi et moustache, une petite fille vêtue d'un manteau de fourrure dans la neige, une très jolie maison rose couverte de lierre, un pied de femme, un verre et une carafe d'eau et, le plus fascinant de tous, un tableau qui représente un peintre qui peint un tableau dans son atelier, qui lui-même peint un tableau représentant l'atelier d'un peintre qui peint un tableau.

Regardées séparément, les toiles sont certainement ridicules, ensemble elles racontent une histoire aux mille possibilités. La femme laide est très amoureuse de l'officier. De leur union est née une petite fille, hors mariage. Il a fallu la cacher à la montagne dans une maison pour orphelins. Les parents de la femme laide, riches industriels, ont refusé le mariage de leur fille unique avec cet officier dont le seul bien est cette vache géante. Les amants se retrouvent en cachette dans cette jolie maison rose. L'officier ne voit pas la laideur de la femme. Pour lui, elle est la plus belle du monde. Il commande son portrait à un peintre. Le peintre obéit mais demande en échange de reproduire le pied de l'amante. Le tableau est exposé. Il provoque un scandale. Le lendemain du vernissage, le galeriste remplace cette toile par un sujet en apparence banal, le verre et la carafe d'eau. Il ne sait pas que ce verre contient une potion magique. Quiconque la boit tombe fou d'amour pour la première

Dans le placard, au-dessus des plaques électriques, une saucière qui n'a jamais servi, une sorbetière encore dans sa boîte scellée. Tout disparaît.

La cafetière allemande aussi est partie à la poubelle. Le premier achat allemand, qui avait suscité un débat. Peut-on rouler allemand ? Les cafetières allemandes sont de meilleure qualité. « Comme les voitures », s'était justifié mon père, après sa première BMW. La seule voiture dans laquelle je n'ai pas mal au cœur. Vendue elle aussi.

En 1978, alors que Val de Grâce est en pleine gloire, des bouquets de pivoines dans chaque pièce en juin, des tulipes roses assorties aux rideaux du salon tout l'hiver, un nouvel objet extraordinaire et beaucoup trop cher chaque mois, je visite avec ma classe à Créteil les tours choux-fleurs de l'architecte Gérard Grandval. Par souci pédagogique, pour nous faire comprendre qu'il s'agit là de grande architecture, on nous emmène voir, par opposition, un lotissement de maisons en préfabriqué dans la même ville de banlieue parisienne.

Un exemple de la banalité. Des pavillons aux toits rouges, entourés de jardinets. On visite une maison-témoin. J'ai un choc. Je veux vivre là. Dans cette maison à ma taille. Une petite maison sans passé, avec une chambre de petite fille modèle, une moquette rose, des murs blancs, un mobilier en rotin blanc. Une chambre de garçon avec une moquette bleue et un lit en forme de bateau. Une cuisine orange. Elle est si belle et moderne. Un salon aux murs vert pomme. La chambre des parents est si chic avec ses tentures en velours marron. Rien ne traîne, pas de vieux journaux ni de vieilles cartes postales. Rien n'est abîmé. Aucun chat n'a griffé aucun cuir. Les meubles sortent de l'usine. Ils sont assortis. Le canapé est vert pomme comme les murs. Je vis un rêve éveillé. Je ne veux pas partir. Dans la maison-témoin de Créteil, je réalise que notre vie est bizarre. Et que, à Créteil, la vie doit être réellement apaisante.

En vidant le placard à épices du Val de Grâce, je rêve à nouveau de la maison-témoin de Créteil. Une maison dans laquelle on doit pouvoir emménager en vingt-quatre heures et quitter en aussi peu de temps. Une maison où la cannelle n'est pas périmée depuis vingt ans. Une maison dont les assiettes sont assorties par piles de douze. Toute porcelaine ébréchée aussitôt jetée. Dans un vaisselier, un service de verres à eau, un autre à vin que l'on sort pour les grandes occasions. Dans le tiroir de la cuisine, les couteaux coupent, le tire-bouchon est à sa place. Les enfants de la famille modèle rangent leurs chambres tous les soirs avant de se coucher et se lavent les dents. La petite fille dans sa chambre rose. Le petit garçon dans sa chambre bleue. Les parents dans leur chambre en velours marron. Il n'y a pas de cris ni de visites à l'improviste. Les grands-parents meurent en premier. Ils meurent à l'hôpital, ils n'ont pas souffert. Une mauvaise grippe, un hiver, et voilà. Les parents attendront eux-mêmes d'être grands-parents pour mourir. Leur mort est tranquille. Ce n'est pas un cancer qui prend son temps pour tout détruire. On n'installe pas de lit d'hôpital, de chaise roulante, de pompe à morphine, on n'asperge pas la chambre en velours marron avec un déodorant à la pêche pour masquer l'odeur de pourriture. On ne meurt pas dans la maison-témoin de Créteil. On a le droit de regarder Roger Pierre et Jean-Marc Thibault le samedi soir à la télévision. On va au collège, puis au lycée, pas à l'école. Les enfants empruntent des livres conseillés pour leur âge à la bibliothèque et ne lisent pas avec ravissement des romans érotiques. À Créteil, tout est très bien organisé, une piscine municipale, des pelouses en bas des immeubles choux-fleurs, et des maisons aux toits rouges. À Créteil, on déménage en une journée. Le service des encombrants vous débarrasse du canapé vert pomme démodé en quelques minutes. Alors qu'au Val de Grâce, le chesterfield en cuir grenat, qui était déjà couvert de griffures en 1978, l'est encore en 2002. Invendable. Même en payant, personne n'en veut. Il vous fait pitié, alors que le canapé vert pomme, vous vous en débarrassez avec joie. Il est immonde. Il vous fait rire.

« Comment avez-vous fait pour acheter un canapé aussi ridicule ? » demande la petite fille de la chambre rose à ses parents.

Le chesterfield est juste vieux, malade et refuse de mourir. Alors, il faut le recueillir lui aussi comme les livres de cuisine en lambeaux et maculés.

Voir.

C'est un appartement bourgeois qu'une famille d'immigrés a trouvé parfaitement à sa mesure. La galerie d'entrée qui dessert le bureau, la salle à manger, face à la cuisine. Le salon et la chambre des parents. Le long couloir pour les salles de bains et les chambres des enfants. Plus grand, nous aurions été perdus, plus petit, mal à l'aise. Et pour que nous nous y sentions parfaitement bien, nos parents l'ont profané.

Les angelots sculptés dans le plafond du salon ont été transpercés par des filins d'acier afin d'installer des bibliothèques.

Les boiseries de l'entrée sont peintes dans un bleu-vert très foncé et les murs, dorés. Le salon est vieux rose et argenté, la salle à manger gris perle, le bureau est ceint d'un tissu à motifs géométriques bleus et blancs, la cuisine est kaki et bleu ciel d'été foncé, la salle de bains des enfants recouverte d'un carrelage à grains de riz orange et bleu, celle des parents d'un dallage bleu marine moustachue venue. Le peintre reproduit son atelier avant de se suicider.

Les tableaux étaient accrochés dans la salle à manger, disposés sur le mur qui faisait face aux enfants assis pour le dîner.

Très utile quand il fallait affronter une salade de betteraves. La vache géante l'avalait d'une bouchée. Pour un morceau de viande trop dur, il suffisait d'utiliser l'officier moustachu. Tous se réunissaient en cas de conversation des grands trop fastidieuse pour nous divertir. La carrière de sable se transformait en immense terrain de jeux, avec grottes abritant des trains fantômes, toboggans, roulades, sauts vrillés du haut des falaises, vols planés. La petite fille se débarrassait de son manteau de fourrure pour nous rejoindre. On imitait sa mère à moustache. Elle se mettait à pleurer. Nous aussi. L'heure de dormir. Elle dans sa jolie maison. Nous très loin, tout au fond du long couloir.

Écouter.

Les arrivées et l"es départs des invités avec des rires un peu plus forts avant de prendre congé. Ils signifient « Oui, oui, nous avons passé la meilleure des soirées. » Une porte plus lourde et épaisse que les autres divise tous les soirs Val de Grâce en deux. Un territoire pour les petits qui sont allés se coucher et un territoire pour les grands. Il suffit de se coller à cette porte pour deviner les conversations des grandes personnes.

Je ne peux suivre aucun dialogue en entier, juste capter les mots qui traversent le salon puis l'entrée jusqu'à la porte du couloir.

Et reconstituer les phrases et les dialogues.

Ainsi, j'apprends que nous avons un nouveau voisin, T., que celui-ci connaît Bernard Pivot et Claude-Jean Philippe ainsi que de nombreuses autres vedettes, qu'avec un peu de chance, très vite, nous allons les croiser dans l'escalier du Val de Grâce.

« Un drôle de zozo », dit mon père en parlant de T.

En mai 1981, j'apprends que les grands sont prêts à tout donner, Val de Grâce et le reste. Je suis terrifiée. « Il faut vivre dans des appartements communautaires. » « On n'a pas besoin d'autant d'argent. » Heureusement, « François Mitterrand est malade » et je suis rassurée, il va mourir avant de nous voler le Val de Grâce. J'ai quinze ans et je suis ultraconservatrice. Tout cela je l'ai compris en écoutant derrière cette porte qui mène aux chambres des petits, mais je n'aurais pas pu entendre les appels au secours de T. sans les bouches d'air chaud en laiton doré qui permettaient de chauffer les cinq étages de l'immeuble du Val de Grâce et qui interdisaient toute intimité à ses habitants.

Ma tête peut encore reproduire le bruit des portes, des placards et des tiroirs, celui de la lourde porte de l'immeuble. Elle est en verre décoré d'angelots et de grappes de raisins en métal peint en noir. Son bruit commence par un petit cling, celui de la serrure, et se termine comme une gifle. Je peux encore reconnaître le bruit des pas sur la mosaïque de l'entrée et celui plus aigu de la deuxième porte en verre et bois peint imitation acajou de l'Interphone.

Celui-ci ne fonctionnait pas très bien. Soit un grésillement intense ne permet pas de se faire comprendre, soit c'est la sonnerie qui reste muette. Ces jours-là, on avait un truc : passer par la porte de service en chêne du hall principal. Une petite entrée desservait l'appartement du rez-de-chaussée, logement de fonction du correspondant à Paris de *La Tribune de Genève*. Face à la porte de cet appartement, une deuxième porte vitrée, sans Interphone ni code, permettait d'accéder au deuxième hall, celui de l'ascenseur et de l'escalier principal.

Je suis aussi capable de reproduire le bruit de la grille de l'ascenseur. Un grincement qui se conclut en une claque aiguë. Je peux copier tous ces gestes, ouvrir et fermer la succession de portes, appuyer sur le bouton de l'Interphone, appeler l'ascenseur, ouvrir la porte puis la grille, lever la main sur le bouton très abîmé du troisième étage, craindre le bruit des cordes et des poulies, ouvrir la grille, entendre la gifle, ouvrir la porte, introduire la clé dans la serrure de la porte aux boiseries blanches et écaillées de l'appartement, tous ces sons, combien de fois les ai-je entendus en trente-quatre ans ?

En soustrayant les vacances, les week-ends, mes différents départs définitifs, les jours à cinq allers et retours dans la rue, disons, un par jour pendant trente-quatre ans.

Trois cent soixante-cinq jours par an, multiplié par trente-quatre. Douze mille allers et retours entre la porte en verre de l'entrée de l'immeuble et celle de la porte d'entrée de l'appartement aux boiseries blanches écaillées.

Combien de fois ai-je dit bonjour d'un air qui se voulait détaché à T., sa femme et leurs deux enfants, sans compter les deux grands d'un premier mariage ?

Les T. sont nos voisins du dessus. Le même appartement, sa galerie d'entrée, son bureau à gauche, le salon en rotonde et la salle à manger, l'office et la cuisine en face, la chambre des parents, le long couloir, les trois chambres des enfants et les salles de bains. Une réplique de notre Val de Grâce à nous. Une réplique où tout était inversé. Le fouillis, les milliers de meubles, de tableaux, d'objets inutiles, de tapis, de vêtements, de couleurs disparaissaient chez T. et sa famille. Une moquette orange, un immense canapé en peluche blanc, des coussins géants remplacés, avant l'élection de François Mitterrand à la présidence de la République, par une moquette beige. La présidence de Jacques Chirac sera saluée par un retour du parquet.

J'entends tout chez les T., c'est-à-dire pas grand-chose.

Un fond de télévision, le générique de l'émission d'Alain Jérôme. Un bruit de résignation.

Puis, un lundi soir juste après l'élection de François Mitterrand à la présidence de la République, ce cri si net qui passe à travers la bouche de laiton et résonne dans toute l'entrée. « Mais je n'en peux plus de cette vie-là. » La voix de T. ne ressemble pas à sa vie, celle que l'on admire dans *Paris-Match* et *Jours de France*, deux fois par an. Il pose avec sa famille, les deux enfants de son deuxième mariage, sa femme si blonde devant une piscine l'été. Chez eux, dans la cuisine, attablés pour le petit-déjeuner, les verres de jus d'orange sont très orange, les croissants, très brillants. Ils sont heureux, souriants. On peut lire cette légende « Ma famille est ce qu'il y a de plus important. J'ai tout sacrifié pour mes enfants. »

Chez T., beaucoup de silence et quelques cris.

Chez nous, un brouhaha permanent. Celui du temple protestant de la rue Pierre-Nicole.

Ma chambre, la dernière au bout du couloir, possède un mur mitoyen avec une petite église évangélique. La même prière tous les matins, tous les soirs.

La discothèque du Val de Grâce est pauvre alors j'écoute les mêmes musiques. Une chanson en grec de Cat Stevens, que je peux chanter dans la version originale sans en comprendre les paroles. Les *Variations Goldberg* jouées par Glenn Gould. L'album blanc des Beatles. Un disque orange avec un grand soleil jaune. *Songs in the Key of Life*, de Stevie Wonder. Le disque le plus joyeux. Mis très fort, dix fois de suite un mercredi après-midi, sans jamais me lasser. Et le remettre dès que possible. *My Cherie Amour*. Il est là avec d'autres, dans la si peu commode bibliothèque. Il manque des rayonnages. On achète beaucoup de livres, autant que l'on souhaite.

La télé ne fait pas de bruit. Elle n'est jamais allumée sauf pour quelques minutes de *L'Île aux enfants* et le vendredi soir. Avec *Au théâtre ce soir*, les costumes de Donald Cardwell, *Apostrophes* et le *Ciné-club* de Claude-Jean Philippe. Interdiction formelle, respectée par toutes les baby-sitters et même les grand-mères, de nous laisser regarder la télévision.

Les T. entendent-ils les chants de l'église protestante ? et les refrains écoutés trop forts de *Songs in the Key of Life* ? Personne ne se plaint.

Chez T., la télévision est allumée en sourdine en fin d'après-midi jusqu'à tard le soir. Les enfants jouent dans leurs chambres sans cris, ils ne se lèvent pas la nuit pour écouter aux portes.

Sentir.

Des odeurs de tabac froid, celle amère des Gitanes sans filtre de la mère des enfants, celle plus sucrée mais trop rapidement interrompue du tabac hollandais de la pipe du père des enfants. Des restes un peu âcres de pipi de chat qui s'échappent de la litière cachée, pourtant, dans la salle de bains des enfants, tout au fond du couloir. L'odeur est chaude. Un mélange de Shalimar, du feu de la cheminée du salon, de gâteau au chocolat à la fleur d'oranger, de compote de pommes à la cannelle et de poulet rôti. La viande est toujours trop cuite. Le poulet est toujours un peu noir sur le haut des cuisses et les ailes. Il est tout sec. Pour aider les enfants à manger, ma mère a une collection de petites blagues comme « Tu veux du poulet, mon lapin. » Les courses sont vraiment des courses, accumuler le maximum d'aliments en un minimum de temps. Le congélateur est bourré de petits steaks pour les repas des enfants.

Pratique, un repas, un steak à décongeler. Madame Jacqueline doit se débrouiller chaque jour sans savoir combien d'enfants elle aura à nourrir. Le steak est cuit sans être décongelé. Il est mangé, brûlé à l'extérieur, glacé à l'intérieur.

On ne sert jamais de fromage de vache, comme le camembert, uniquement du fromage de chèvre, comme si la vache était trop française pour nous. Encore aujourd'hui, j'ai dû mal à acheter un camembert, comme si j'outrepassais mes droits de Française de fraîche date.

On ne mange pas de porc. Le porc n'est pas casher pour de nombreuses et bonnes raisons. Le porc est laid. Le porc est un animal sale et puant. Sa viande est pleine de microbes. On ne mange donc rien avec le mot « porc » comme rôti de porc, côtelette de porc. Mais on a le droit de se régaler de saucissons, de mortadelles, de rillettes et de jambons de Parme. À dix ans, je crois encore au Père Noël et que le cochon et le porc sont deux animaux différents.

Les plats sont transformés, adaptés et ne ressemblent jamais aux recettes originales. Le poulet frit à l'américaine. Les morceaux de friture ne restent jamais collés au poulet. Le poulet américain est un poulet un peu moins cuit que d'habitude et un peu plus gras.

L'apple pie. La recette a été empruntée à une jeune fille au pair américaine. Un fond de compote de pommes à la cannelle, que l'on connaît déjà, recouvert d'une pâte à tarte. Contrairement à la recette originale où la pâte est posée sur les pommes, au Val de Grâce, la pâte est au moins à quatre centimètres des pommes. Pour les enfants, ce qui compte, c'est qu'il y en ait toujours assez pour tout le monde. Des classes entières d'enfants pouvaient débarquer goûter. Je cuisine. Le pain perdu avec trop de lait, raté, trop mou. La pizza avec une pâte trop épaisse. Seul succès, le pain beurré confituré puis grillé. Un délice. Mais le beurre et la confiture coulent au fond du grille-pain. Madame Jacqueline ne dit rien. Elle nettoie derrière moi. Un vrai casse-tête. Il faut débrancher l'appareil, décrasser avec un petit couteau les traces de confiture brûlée puis enlever le gras avec une éponge tiède.

Il y a les odeurs de Madame Jacqueline. Celles du travail bien fait.

Elle rapporte toujours des fleurs du marché. L'hiver, des tulipes qui sentent la terre mouillée. Une odeur verte et froide qui se mélange à celle de sa blouse bleue en tissu synthétique et à la très légère transpiration d'une femme qui ne se repose jamais.

Cette odeur de sueur ne gêne personne. L'odeur d'une vie où l'on travaille dur, où les appartements sont minuscules et les enfants connaissent le coût des choses. À travers elle, on sait forcément que l'on ne peut pas tout cacher tout le temps, que ces choses existent.

La salle de bains des enfants a eu une odeur un peu âcre, celle du shampooing Hégor et du savon

Rogé Cavaillès. La baignoire est minuscule. Quand elle a été conçue nous étions tous petits et censés ne jamais grandir. Dans le couloir règne une odeur de vieux cuir. Un immense placard a été aménagé, au temps de la préhistoire de l'appartement, celle des travaux qui ont duré un an et qui ont permis la création de Val de Grâce tel que nous le connaissons. La construction d'un placard sur mesure qui contient la collection de chaussures de la mère des enfants. Une centaine de paires, des chaussures dorées, argentées, roses, beiges, rouges, grises, bicolores, des bottes cavalières de chez Charles Villon, des mocassins de chez Céline. Des chaussures confortables à gros talons carrés. Une odeur très forte imprégnera longtemps encore après son départ la salle de bains des parents. Celle de l'eau de toilette à la lavande dont s'asperge mon père. Jusqu'au déménagement, une bouteille d'un litre de Pour un homme de chez Caron survit dans l'armoire de cette salle de bains. Un des enfants s'en est débarrassé sans oser le dire aux autres de peur de trop les peiner. Laure avait tenté d'acheter cette eau de toilette pour T. Elle avait très vite refermé le bouchon du flacon tendu par la vendeuse du rayon parfum pour hommes des Galeries Lafayette. « Comme si le père de tes enfants était encore en vie », avait-elle raconté à ma mère assise dans le petit fauteuil trop mou de sa chambre.

L'odeur de la salle de bains des parents est nettement plus sucrée que celle de la salle de bains des enfants. Les produits ne sont pas les mêmes.

Une crème pour le visage de chez Guerlain dans un pot en plastique blanc imitant la porcelaine. Des savons parfumés et un vague air de goudron qui provient d'un shampooing. Dans l'entrée de la salle de bains, un dressing où, progressivement, les vêtements d'homme disparaîtront. Cela sent le neuf et le vieux, le caoutchouc d'un bonnet de piscine, le Nylon des maillots de bain avec un reste de Javel, le produit contre les mites, le plastique, celui très fin qui protège les choses fragiles et celui plus épais des housses qui protègent les manteaux d'hiver, l'été, et les robes d'été, l'hiver, le métal et le cuir des ceintures, les petits sachets de lavande.

Ce sont les seuls mètres carrés de Val de Grâce qui embaument le luxe, cette odeur si particulière des boutiques du Faubourg-Saint-Honoré. Comme un dernier pré carré car peu à peu émane du Val de Grâce une certaine usure.

La moquette aux gros grains de laine beige, qui a recouvert le parquet en 1975, ne sera jamais remplacée. Des tapis cachent les traces de vieillesse. Eux aussi sont abîmés, ils sentent la vieille laine et l'aspirateur.

Il y a bien des tentatives de lutte pour préserver Val de Grâce. Des peintures fraîches dans les chambres des enfants, dans la cuisine. Mais tout se fige à nouveau. Les rideaux du salon et de la salle à manger sont les derniers. Hélène était très contente d'avoir trouvé un coton glacé vieux rose et pas trop cher au marché Saint-Pierre. Au milieu des années quatre-vingt, l'argent a déserté Val de

Grâce. Madame Jacqueline est partie. Elle ne sera pas remplacée. Il y a toujours des fleurs et des effluves de Guerlain. Val de Grâce se raidit en attendant des jours meilleurs. Ils ne viendront pas. Val de Grâce se remplit encore mais de façon plus rare et plus brusque. Il y a du bruit. Des taches. L'odeur du tabac écrase toutes les autres. Les amis des enfants ne font pas attention, écrasent leurs mégots dans les porcelaines si fragiles, posent leurs santiags sur le rebord de la table décorée de délicats pétales d'ivoire. Le réfrigérateur se vide trop vite. Ils vont faire la fête ailleurs. De longues périodes de silence, où Hélène est seule dans cet appartement trop grand. Elle tente d'utiliser chaque pièce. Les chambres des enfants se transforment en chambre d'amis, bureau, entrepôt. Le salon, la salle à manger restent inoccupés des semaines entières. On pourrait vendre. Impossible.

Toucher.

L'empilement sur une épaisse moquette de tapis d'Orient, deux rouges dans la galerie d'entrée, deux autres dans les roses et les orange dans le salon, un bleu dans la chambre des parents, des kilims dans les chambres des enfants, attendrit d'entrée tout pas et tout mouvement brusque. Il fait très chaud au Val de Grâce. Des bouches en laiton doré soufflent de l'air chaud du 15 septembre au 30 avril. Pour diminuer la chaleur, il faudrait fermer les battants en laiton doré et il ferait alors trop froid. Les enfants se promènent toute l'année en petite culotte. Même quand il y a des invités.

Le plus grand terrain de jeux est la galerie d'entrée. Le lieu le plus étrange du Val de Grâce avec son mobilier de boulangerie de la fin du XIXe. À la droite de la porte de la cuisine, une table dont l'utilisation première, l'exposition de viennoiseries, a été détournée. Sur le socle en marbre blanc, une énorme horloge de cathédrale. Elle est noire ce que je n'aime pas. J'ai le droit de laisser les haricots verts et d'avoir la plus grosse part de gâteau au chocolat. Mon père approuve « Tu as raison, c'est tellement meilleur comme ça. » Je suis si mal élevée et si fière de l'être.

Seul objet de souffrance, dans la salle à manger, un piano droit, je suis persuadée : ma vie serait parfaite s'il n'y avait pas les leçons de piano.

Je n'écoute pas le professeur et je regarde, à droite, la cheminée en marbre brun, le pupitre de musicien, le panier en osier aux longs pieds et, à gauche, un vaisselier aux portes vitrées dont les montants sont en noyer sculpté de feuillages. Il est fermé par une clé dorée dont le fermoir est légèrement dévié. On entend un clic clic quand on ouvre la porte ; quand on la ferme, le clic est plus faible.

Ce meuble est rempli à ras bord d'assiettes et de plats d'origines diverses. De la vaisselle qui appartenait à nos grands-parents maternels en Lituanie. Elle est très simple, blanche avec un filet de fleurs mauves. Comment est-elle arrivée intacte au Val de Grâce ? Mystère. Les plats les plus tarabiscotés, ceux recouverts d'arabesques dorées, viennent de Paulette. Les plus sobres, ceux des années vingt et trente, des puces de Paris et de Londres. Si vous souhaitez un plat, il faut en soulever quinze. Une petite cuillère, ouvrir cinq tiroirs et dépiauter les couverts de leurs protections en feutrine pour trouver l'objet désiré. Les verres sont empilés les uns sur les autres, sur ceux-ci sont posés en équilibre des plateaux eux-mêmes recouverts d'autres verres. Pour sortir un verre, il faut faire preuve d'un certain talent d'acrobate. Retirer une pile de plats, soulever à deux un plateau de verres et savoir le reposer en maintenant le fragile équilibre de l'ensemble.

Chaque service compte une ou deux assiettes ébréchées. Verres à orangeade, à eau, à vin, à whisky, à champagne, minuscules verres pour la vodka, et les verres russes avec un cul en métal argenté pour le thé. Il n'y a pas plus de six verres de la même facture.

Les soirs de fête, l'armoire est entièrement vidée. Personne ne semble remarquer que rien n'est assorti. Chaque centimètre carré est caché par des assiettes, des verres et des couverts, et de la nourriture qui, elle-même, n'a aucune cohérence, ni esthétique ni diététique. De gros cornichons polonais, des gâteaux au chocolat, du saumon et de la langue fumée, des harengs marinés dans leur laitance avec de grosses rondelles de carotte, des clous de girofle et des croissants aux noix. Des nourritures que l'on ne trouve que chez nous.

Dans le salon en rotonde, dont les fenêtres s'ouvrent sur le Val-de-Grâce, se tiennent les seuls meubles assortis. Un lit de repos et deux fauteuils club. Un jour, après une longue disparition, l'ensemble réapparaît encore plus magnifique, capitonné d'un cuir grenat. Le jour même, le cuir est entièrement griffé d'une manière minutieuse. Admirer ces griffures, soulever les petits morceaux de peau du cuir, compter les trous devient un nouveau passe-temps.

et dorée, il ne lui manque que dix mètres de filin en acier et des poids et poulies pour fonctionner. Les aiguilles sont figées depuis trois cents ans. On a le droit de toucher et de tenter de remonter le mécanisme constitué d'un ensemble de roues crantées munies de boutons-poussoirs. Le système est trop rigide pour nous. Cela ne nous empêche pas de tenter régulièrement l'exploit. Un concours est organisé. Le gagnant mérite une surprise. Se coucher une demi-heure après les autres enfants. Je gagne en trichant, je pousse les aiguilles avec la main. Je demande si je peux rester lire dans l'entrée, allongée sur le tapis rose face à une bouche de laiton qui souffle de l'air chaud.

Je ne lis plus, je suis le conservateur du musée du Val de Grâce.

Admirez, en face de la bouche en laiton et de l'horloge, cette magnifique huche à pain en fer forgé noir avec un décor d'épis de blé dorés. Vous pouvez vous émerveiller devant ce bas-relief du Moyen Âge avec pour motif des tisserands. Ils sont en plus très gentils.

Regardez ce bronze représentant une tête de femme au turban, ces grosses cuillères en bois recouvertes de fleurs peintes, ce compotier en bois précieux ceint d'une couronne en métal argenté, il contient des coloquintes et des noix, un moulin à café, différentes petites boîtes en argent, d'autres en bois, cette véritable boîte à trésors identique à celle que l'on trouve dans les livres de pirates. Je force l'admiration des visiteurs imaginaires. Cette grosse cuillère en bois est particulièrement intéressante. Elle a appartenu à Joséphine de Beauharnais. Un cadeau de mariage de sa nounou, justement représentée avec ce turban. Si personne ne veut me croire, cela n'a pas d'importance. Les coloquintes ont une valeur inouïe. Le compotier a servi à la table de Louis XIV. Madame Jacqueline utilise toujours le moulin à café. Tu sens l'odeur de café fraîchement moulu ?

Les murs de l'entrée et des pièces de réception sont recouverts d'un papier en métal. Doré dans l'entrée, argenté dans la salle à manger, un papier taché par des excroissances du même métal. On peut les gratter, comme s'il s'agissait de petits boutons. Un modèle qui doit être unique au monde.

Par comparaison avec les accumulations de l'entrée, la salle à manger et le salon paraissent plus sages.

Dans la première pièce, une longue table au plateau de marbre veiné de brun et de blanc soutenu par un piétement en acier, les chaises en métal et en bois courbé de Marcel Breuer.

Chacun à sa place le long de la table. Mais je ne tiens pas en place. Personne ne m'écoute, il faut parler plus fort, nous sommes si nombreux. Ma chaise est la seule à être de travers, j'éclate en sanglots. Mon père imite la petite martyre que personne n'écoute et dont la chaise est de travers. Je rigole tellement que je crache dans mon assiette la gorgée d'eau que je ne peux plus avaler.

J'ai le droit de manger avec les doigts. J'ai le droit de manger directement dans le plat. Et de ronger l'os de la côte de bœuf. J'ai le droit de laisser

Au milieu de ce salon, un immense canapé en cuir marron. « Il devait être blanc. En 1969, ce n'était pas comme aujourd'hui, on ne trouvait pas de canapés. De toute façon, on ne trouvait rien. Celui-là, dessiné par un architecte italien, était vendu chez Cassina. Il y avait six mois d'attente. On l'avait commandé en blanc. Le salon devait être dans des teintes gris, argent, blanc cassé. Il est arrivé en marron. Tes parents avaient changé la couleur dans mon dos. On s'est beaucoup engueulés pour cette histoire de canapé. J'ai dû tout repenser. Les murs ont été peints en vieux rose. Tu sais, Val de Grâce, c'est chez moi aussi. » Monique est antiquaire. Dans sa boutique de la rue Jacob ont été achetés :

– une table ronde en marqueterie et ivoire ;
– une table basse en marbre jaune et noir aux pieds et au soubassement en acier ;
– un étroit vaisselier en citronnier qui contient des bouteilles d'alcool. Il est coiffé d'une lampe Lalique à cabochons ;
– une autre lampe Lalique sur le manteau de la cheminée. Elle a pour motif un bélier la tête baissée qui ressemble à Bibi, le mouton de Chevreuse. « Je la voulais pour moi, cette lampe Lalique, j'aurais pu gagner beaucoup d'argent en la vendant. Ton père l'a prise, je la lui ai cédée sans aucune marge », m'a expliqué Monique un après-midi d'août où j'avais tenté de l'interroger sur l'historique du Val de Grâce.

Monique a aussi trouvé un fauteuil Charles Eames du même cuir que le canapé. Les piétements en bois marron ont été peints en blanc, ce qui fait hurler les puristes. « Mon idée. De toute façon avec ce canapé marron qui faisait une énorme tache, il n'y avait plus rien à faire. Et puis le fauteuil Eames ne se fabriquait qu'en marron et noir. »

Quand les grands sont absents, je me glisse dans le dressing. La première porte à droite dans le couloir qui dessert les chambres juste avant leur salle de bains.

Là sont rangés des centaines de vêtements, des fourrures, des chemises en soie de toutes les couleurs, des piles de pulls, des robes courtes et longues. Tout est doux. Il y a un premier niveau, facile d'accès, celui des habits de la saison. Au second niveau sont suspendus les vêtements d'été, et, l'été, les vêtements d'hiver ; robes indiennes, robes en lamé, robes transparentes, robes en macramé, robes importables mais pourtant portées. Les enfants ont le droit de les emprunter pour se déguiser, inventer des spectacles, poser pour des photos prises par Madame Jacqueline.

Je n'accepte qu'un seul rôle, celui de princesse. Les autres enfants peuvent être servantes, majorettes, pompiers, clowns.

Je suis une princesse mais pas n'importe laquelle. Une princesse qui possède parmi ses nombreux pouvoirs magiques celui de rendre tous les garçons amoureux.

On utilise de véritables pièces de théâtre mais il faut les transformer afin que j'accepte de jouer dedans. Il me faut un rôle à ma mesure. Les autres râlent. On tente de m'exclure. Je pleure. On fait intervenir les grands. Chacun joue ce qu'il veut. *Le Bourgeois gentilhomme* mais avec une princesse. J'improvise des tirades sans fin. Je refuse de m'arrêter et d'écouter les répliques des autres enfants. J'exige des baisers des plus grands garçons. Il n'y a qu'un petit qui accepte de me donner la main. Je sanglote en pleine représentation. La pièce a un immense succès.

T. a assisté au spectacle. Il me rassure « Tu as raison, tu as un pouvoir magique. » Ce jour-là, il a rencontré pour la première fois Laure, la meilleure amie de ma mère. Le pouvoir magique, c'est elle qui l'avait, avec ses longs cheveux bruns, ses yeux noirs, son rire puissant et ses jupes parfois trop courtes.

« Le plus important est de vous fabriquer des souvenirs. » Je le sais. Mon père est prêt à tout pour nous étonner.

La moustache de mon père ne me plaît plus. Elle pique. Je le lui dis. Mon père se lève de la table du petit-déjeuner. Il revient quelques minutes plus tard. Il a rasé sa moustache.

Mais cette fois, la petite fille pleure. Trop de désir accompli pour une seule petite fille, trop de pouvoir sur les gens et les choses. Après, quand tout le monde est mort et qu'il faut vendre, tout est là et refuse de partir.

Je n'accepte de travailler que si cela me fait plaisir.

Mon père se tait. Il suffit que je lui rappelle l'histoire de la gifle. La seule et unique gifle de l'histoire du Val de Grâce. Le premier jour d'école, j'apprends à lire, le A et le B. Mon père me montre les lettres, pour l'embêter, je fais semblant de ne pas les connaître. Patiemment, il les écrit, me supplie de bien vouloir les lire à mon tour. Je fais l'idiote. « Non, je ne sais pas. » Un nouveau jeu, j'invente les règles. Il est exaspéré et me gifle.

J'ai neuf ans et je dois apprendre une poésie sur le monstre du loch Ness. Je décide que non, je ne l'apprendrai pas car le monstre n'existe pas, trop idiot d'apprendre une poésie sur un monstre qui n'existe pas. Les négociations avec mon père commencent. Il est allongé et lit. Je suis dans le couloir et pratique mes exercices de danse. La porte de sa chambre qui donne sur le couloir est ouverte. À chaque aller et retour, une proposition.

« Un film puis un croque hawaïen au drugstore Saint-Germain que tous les deux.

— Non. »

« Tu apprends ta poésie, il n'y a pas de discussion.

— Non. »

« Je t'amène voir un ballet à l'Opéra et tu te couches très tard.

— Non. »

Je reviens du fond du couloir et, du haut de mes neuf ans « Si j'avais au moins la certitude que le monstre du loch Ness existe pour de bon, alors je pourrais m'intéresser à cette poésie. Mais comme ce n'est pas possible, il vaut mieux oublier cette histoire. Je peux peut-être en apprendre une autre, plus intelligente ? »

Et mon père a eu cette idée de génie « On part vendredi prochain pour l'Écosse, on s'arrêtera à Londres pour que tu puisses admirer tes homologues anglais, ces princes aux oreilles décollées que tu aimes tant, et le dimanche, on passera la journée au bord du loch Ness à la recherche du monstre. »

Je me suis tournée vers mon grand frère et ma petite sœur, et je leur ai dit « Voilà, c'est ainsi que l'on obtient tout ce que l'on veut. »

C'est la première fois que je prends l'avion.

Les hôtesses portent des kilts bleu et vert. Je suis la seule fille de mon âge dans l'avion et, comme les hôtesses que j'observe avec admiration, je porte un kilt. Le mien est rouge.

À peine étonnée que tout cela m'arrive. Je suis unique, première au concours de la fille la plus heureuse du monde. Normal que mon père s'occupe de moi de manière exceptionnelle, que nous logions dans le plus bel hôtel, que nous roulions dans la voiture la plus élégante devant Buckingham Palace au moment même où le cadet des princes, Edward, sort de chez lui.

Il n'a que trois ans de plus que moi. L'âge idéal pour être mon prince charmant. La Rolls royale s'arrête. Le prince est suivi de son aide de camp et de son précepteur. Tous les deux en redingote et chapeau haut de forme. Edward est le moins formel. À douze ans, il est vêtu d'un costume en tweed vert et a noué une cravate du même écossais rouge que mon kilt. Le kilt rouge est celui du clan de son oncle préféré, lord Mountbatten.

Il me propose une visite du palais. Mon père décline l'invitation. Nous devons prendre un autre avion pour rejoindre l'Écosse, mais il invite le prince Edward dans notre château personnel du

Val de Grâce. Arrivée enfin au bord du loch Ness, je ne me souviens que d'une chose, un brouillard très humide permet au monstre, assure mon père, de mieux se cacher.

Heureusement, au restaurant de l'hôtel, on me sert une glace vanille fraise. J'ai encore son goût un peu douceâtre, trop de lait, dans la bouche. Le goût d'une vie trop sucrée.

Val de Grâce est une vaste salle de théâtre proposant chaque jour de la semaine un nouveau spectacle improvisé. Un décor, de nombreuses entrées et sorties. Personne n'est en trop. Aucune histoire n'est inconvenante pour les enfants.

Lorsque Laure, la meilleure amie de ma mère, a commencé à tromper son mari et qu'elle venait le samedi après-midi s'installer dans le petit sofa en velours rose de la grande chambre, je m'accroupissais entre le canapé et les rideaux pour les écouter.

Je connaissais toutes les intrigues, d'abord détaillées au téléphone. On me laissait utiliser l'écouteur pendant que les deux femmes échangeaient leurs confidences. La fumée des Gitanes sans filtre ne me gênait pas. Laure ressemblait désormais à la femme libre du paquet bleu. Elle était amoureuse et ne s'en cachait pas. Ma mère ne la jugeait pas mais s'inquiétait pour le mari de Laure. Les risques et les mensonges de Laure, qui s'absentait sous les prétextes les plus ridicules pour rejoindre son amoureux, me faisaient rêver.

Un jour, ne rentrant chez elle qu'à 10 heures du soir, elle avait bafouillé être allée voir *Le Samouraï* avec Alain Delon, et avait répété le résumé du *Pariscope* à son mari. Celui-ci avait décidé de voir ce même film en cachette le lendemain et l'avait interrogée devant un ami sur certains détails. « Tu te souviens, toi, dans quelle marque de voiture Alain Delon est poursuivi ? » L'embarras de Laure était si visible que l'ami en avait ri. « Mais tu l'as vraiment vu ce film ou tu as la mémoire qui flanche ? » Le mari savait et n'en laissait rien paraître. Laure continuait de mentir. Je jugeais ses inventions époustouflantes. Des voyages d'affaires, des séminaires le samedi après-midi, des dîners chez des gens très ennuyeux. Le silence de son mari qui attendait que Laure revienne, sans jamais se plaindre, m'indifférait. Dans l'histoire que j'écoutais cachée derrière le petit sofa rose ou l'oreille collée à l'écouteur du téléphone, le personnage qui me faisait rêver, c'était l'homme qu'aimait Laure. Elle l'avait rencontré au Val de Grâce. C'était T. T. dont j'enviais bêtement le sort. Toutes ces femmes qui l'aimaient. Et Laure qui l'aimait encore davantage. Elle racontait les lettres envoyées par T., les week-ends à Florence, à Amsterdam, à Séville et à Lisbonne. Toutes ces villes qui semblent n'exister que pour cacher les amoureux. Ensemble, elles s'interrogeaient longuement sur T. et sa femme. Il avait promis de la quitter. Tiendrait-il sa promesse ?

Et ma mère ne se plaignait jamais. Son mari et ses longues absences. À ses enfants, il expliquait

« Un couple ne peut durer que dix ans, après il faut savoir se séparer. D'ailleurs, avant, on mourait beaucoup plus jeune et, naturellement, les mariages ne duraient jamais plus de dix ans. »

Elle avait pourtant les mêmes pouvoirs magiques que Laure. Plus belle encore, sans avoir à porter de minijupe pour se faire remarquer.

Derrière le ballet, les scènes de comédie et de faux drame, il y avait une tentative de tout mettre par écrit, de tout organiser. Un grand cahier agenda posé à côté du téléphone sur le meuble d'office de la cuisine.

Tout est consigné de manière rigoureuse par ma mère. Les menus variaient pourtant peu. Les horaires des activités et le nom de la personne chargée de nous y conduire. Flûte à bec, danse classique, danse rythmique, danse brésilienne, poney, orthodontiste, dentiste, pédiatre, psychologue, piano, guitare, clarinette, mime, jonglage, hébreu, couture et fabrication de costumes, expression artistique libre. Chaque rentrée de septembre apportait de nouvelles manières épanouissantes d'occuper notre temps. Une organisation souterraine nous conduisait d'un cours à l'autre. Ces écrits constituaient la preuve que notre vie était réglée.

Il suffisait de suivre le cahier. Pendant les longues absences des parents, repas, activités, liste de courses et de réparations, invitations prévues (rares, la plupart des invitations arrivaient dans la grâce du moment) étaient précisés pour des semaines entières avec une infinité de détails.

Le mercredi 21 mars 1978. Retour école 13 h 15. Sortir trois steaks du congélateur. Deux endives. Six clémentines. A, clarinette à 14 heures à la maison, C, danse à 14 h 30 à la Schola Cantorum, préparer son sac, chignon, trois francs pour son goûter. M, 15 heures, peinture, rue Pierre-Nicole, S l'accompagne. C, 20 minutes de piano, A, orthodontiste, Malakoff, 17 heures, bus 68, ticket dans le tiroir gauche de l'office, carte de famille nombreuse, M, lecture 15 minutes, 17 heures, visite, Mimi. Préparer un thé léger avec une tranche de citron. Dîner, poulet rôti, salade verte, mousse au chocolat. C et M au lit à 20 heures. Rappel, télé interdite, ne pas oublier de se laver les dents.

Ces tentatives d'ordonner un monde qui l'était si peu auraient dû décourager Hélène. Il y avait parfois des plaintes, surtout à la fin, devant les chambres non rangées, les accumulations d'objets divers. Mais ces plaintes étaient des leurres. Elle se réjouissait de cette vie peu ennuyeuse. Les cahiers étaient des garde-fous. Les enfants étaient nourris, lavés, habillés, partaient pour l'école à l'heure.

Les enfants ont grandi, les cahiers sont restés. Val de Grâce était si grand que, même au temps du déclin, il y a toujours eu besoin de listes pour limiter les débordements. Le frigo était moins plein. On pouvait toujours se débrouiller avec des restes dans le congélateur ou des boîtes de conserve pour accueillir les envahisseurs. Les courses ne se font plus au marché du boulevard de Port-Royal mais au sinistre Ed de la rue Pierre-Nicole. Le marchand de légumes, le fromager, le fleuriste ont cessé leurs livraisons hebdomadaires au début des années quatre-vingt-dix. La magnificence touche à sa fin. L'argent, en tarissant, devient un sujet. Les courses ont un prix. Mon père est en voyage. Il nous envoie des cartes postales. On les garde toutes dans le petit panier d'osier de la cuisine. Il nous envoie aussi des cadeaux. Le gouda du meilleur fromager de Hollande. La bague Casablanca portée par Ingrid Bergman et achetée chez le bijoutier le plus chic de Venise. Un paréo bleu turquoise bordé d'une frange de fils de soie envoyé de Shanghai. Il sait que sa vie sera trop courte.

Les listes des repas et des activités sur les cahiers ont été remplacées par des listes de réparations, de médicaments. L'écriture est la même, fine, petite, précise. Des listes avec un trait sur la gauche. Les choses faites, les mots sont barrés. Parfois les listes mettent plusieurs années à disparaître. Les mots, repeindre la cuisine, changer la chaudière, changer les rideaux du salon, sont restés ainsi gravés longtemps. Trouver l'argent. Les rideaux du salon sont si usés que les bordures ne se maintiennent que par la trame. Mais il y a ces mots rassurants sur le cahier de la cuisine. Changer les rideaux. Puisque tout est écrit, il suffit d'attendre et un jour Val de Grâce recouvrera sa splendeur.

Je ne vois pas que l'argent manque.

Au-dessus de la machine à laver le linge, à gauche du meuble d'office, se trouve un placard à clés. Une vingtaine de clés différentes sont accrochées. Certaines ont des étiquettes, chambre de service, cave, entrée de service, garage, Chevreuse. Mais la plupart sont d'origine inconnue. Elles sont restées dans l'appartement et le nouveau propriétaire n'a jamais demandé d'explication sur leur présence.

Une des clés est celle de Laure et de T. Elle est toujours dans le placard avec les autres, Laure ne l'a plus réclamée.

Cette clé, la seule avec un porte-clés, un pompon orange et violet, est celle d'un studio, en fait deux chambres de bonne réunies, au sixième étage du Val de Grâce. Il fallait passer par l'escalier de service, un étroit colimaçon. À l'époque, Laure venait chercher cette clé toutes les semaines, puis de moins en moins souvent. L'année qui a précédé la mort de T., la clé au pompon n'est jamais sortie du placard. Je vérifiais régulièrement, en rentrant de l'école, sa présence. Mon cœur battait, espérant son absence, significative d'une bonne nouvelle. Et puis T. est mort, j'espérais alors que ma mère utilise à son tour la clé.

Comme des piqûres de rappel, des témoins frappaient à la porte du Val de Grâce pour nous raconter ce qui nous avait été épargné. Se cacher, ne pas avoir assez à manger. Nous étions des élus avec notre frigo plein et nos bibliothèques encombrées de livres.

Quand le malheur était trop proche, on nous le cachait. La mort du mari de notre grand-mère paternelle nous a été révélée, trois mois après son enterrement, par une gaffe d'une baby-sitter.

« Mais tu ne sais pas que papi est mort ? » s'est exclamée Dominique, la baby-sitter géante.

Il fallait nous éviter toute peine.

Mon père était arrivé à nous convaincre que les années de la guerre avaient été les plus heureuses de son enfance. Une merveilleuse aventure pour un garçon de dix ans. Partir se dissimuler dans la forêt la nuit. Être caché à la campagne. Dormir dans un champ de maïs. Ma mère usait du même stratagème. Elle avait vomi sur les très belles bottes cirées d'un officier allemand qui contrôlait leurs faux papiers, à la frontière de la zone libre.

Elle avait pleuré et l'officier attendri les avait laissés passer.

Leurs souffrances étaient enjolivées. « Tu te rends compte, j'étais cachée chez ces méchantes bonnes sœurs qui nous donnaient d'immenses tartines de pain noir, berk, dégoûtantes, avec un tout petit peu de confiture au centre. »

Et ce qui m'effrayait, ce n'était pas d'être cachée dans un couvent loin de ma famille, c'était cette immense tartine toute noire et sèche avec sa minuscule tache de confiture.

Nous ne pouvions être qu'heureux et il fallait en profiter. Nous étions en vie, des miraculés qui n'avaient pas eu à passer par la case souffrance. Nos parents et grands-parents avaient été torturés pour nous. Nous avions toutes les chances. Quand nous partions à la montagne, forcément, il y avait de la neige et du soleil. Et, quand il n'y avait ni l'un ni l'autre, cela n'avait pas d'importance, au contraire. Il y avait de très bons films au cinéma que nous aurions ratés s'il y avait eu de la neige et du soleil.

Quand une assiette se cassait, c'était qu'elle était moche et que nous n'en voulions plus.

Entre le salon et la salle à manger se tient une vasque démesurée, même pour le Val de Grâce. Un monstre en céramique bleue et verte, d'inspiration vaguement chinoise. Ce n'est pas elle qui est intéressante, mais ce qu'elle contient. Des dizaines et des dizaines de bouquets de fleurs séchées, aux couleurs fanées entre le vieux rose et le beige, tirant vers le jaune, sont serrés les uns contre les autres, il y a toujours une place pour un nouveau bouquet. Les plus vieux s'entassent au fond de la vasque. Cela n'a pas d'importance, on ne les voit pas. L'ensemble est poussiéreux, ailleurs ce serait ridicule ou même laid. Ici c'est beau.

On est les plus forts et les plus heureux du monde. C'est mon anniversaire, il y a une fête des grands et une fête des petits. Les petits vont au Luxembourg, il fait chaud et on s'attarde bien après l'heure du goûter. On rentre épuisés, affamés, les grands ont mangé tout le fraisier. Ils nous ont oubliés. Ils ne savent pas quoi faire pour se faire pardonner. Et nous on rit et on se moque d'eux. « Vraiment, vraiment, tu ne m'en veux pas. » J'obtiens le double de cadeaux. C'est le meilleur des anniversaires.

Les autres, les pauvres, ont moins de chance avec leur maison beige et leur anniversaire bien organisé.

Val de Grâce a été cambriolé, les quelques bijoux de valeur volés. Le drame se transforme en une incroyable aventure qu'il faut avoir vécue au moins une fois dans sa vie. Les voleurs n'ont rien compris, on les imagine bouche bée. Que faire, qu'emporter, les murs sont plaqués d'or et d'argent. On ne peut les arracher. Les tisserands pèsent une tonne. Les fleurs sont fanées. Les tableaux ne valent que parce qu'on leur a attribué des histoires. Que peuvent comprendre des étrangers au Val de Grâce, aux destins de la petite fille exilée, à sa mère à moustache et à son amant malheureux à képi ?

Un étranger ne pouvait comprendre que Val de Grâce était un monde enchanteur dont la valeur matérielle n'avait aucune importance. On ne pouvait le cambrioler. On ne nous servait pas des morceaux de courgette trop cuite, mais des trompes d'éléphant coupées en morceaux.

Pour définir notre état et nous justifier, nous avions une expression. *De la mousse ou de la crème ?*

Un jour où Madame Jacqueline nous préparait une mousse au chocolat, un des enfants a demandé « Et pourquoi pas de la crème, je préfère la crème au chocolat. » Madame Jacqueline a alors transformé sa mousse en crème. Un autre enfant a alors exigé de la mousse. Madame Jacqueline s'est remise au travail. Et nous avons avalé les deux desserts avec un mélange de honte et de joie.

Pour affronter notre absence de culpabilité, nous sortions comme une arme, inappropriée en dehors de la cuisine du Val de Grâce, « Toi, tu es mousse ou crème ? »

Et cela nous faisait rire.

Un désir ? De la crème ou de la mousse ? Il suffisait de demander.

Une poupée ? Un livre ? Une séance de cinéma ? Se promener sur le toit de l'Opéra ? Aller voir le monstre du loch Ness en vrai ? les cow-boys ? Se baigner pendant les vacances de Noël et continuer à inverser les saisons en allant skier au mois d'août ? Dormir à la belle étoile dans le désert ? Un nouveau vélo ? Une robe à fleurs ? Rencontrer Fred Astaire ? Tout était possible, il suffisait de le demander.

Mon père a écrit à l'agent de Fred Astaire une lettre traduite en anglais par mon grand-oncle américain.

Une petite fille française rêve de vous rencontrer. Son souhait le plus cher serait de danser avec vous. Elle possède une copie à sa taille de la robe de Ginger Rogers dans *Shall We Dance*.

Le film étant en noir et blanc, nous avons imaginé que la robe était jaune pâle. Le reste a été copié à l'identique. Le large ruban autour de la taille, le décolleté en forme de cœur, la longueur qui laisse dévoiler les chevilles, il me semble que la copie est parfaite.

Elle s'entraîne depuis l'âge de six ans. Elle sait parfaitement reproduire les pas de votre partenaire préférée. Lui accorderiez-vous une danse ?

Fred Astaire a répondu lui-même. Un épais carton où était gravé son nom en lettre anglaise gris perle. *Frederick Astaire Austerlitz. Would be delighted to invite you for a dance in his mansion, july the first 1975.* Il ajoutait « Vous avez parfaitement deviné, la robe de Ginger Rogers était bien jaune pâle. Je me souviens d'une conversation avec Carroll Clark qui s'occupait des costumes et Darrell Silvera du décor sur ce film. Nous souhaitions des couleurs romantiques et légères à l'image du film.

C'est Carroll qui a choisi cette robe jaune pâle. Darrell trouvait que cela n'allait pas avec le rôle. Trop jeune, trop frais. Après tout Ginger jouait le rôle d'une star de comédie musicale, son propre rôle dans la vraie vie. Mais nous étions rapidement tombés d'accord. Nous n'avions pas l'ambition de tourner un film réaliste. Il nous paraissait important que, malgré le noir et blanc, les spectateurs puissent imaginer que nous leur inventions un monde gai et enchanteur. »

Suivaient une adresse à Bel Air et le numéro de téléphone personnel de Frederick Astaire Austerlitz.

Nous avions trois mois pour organiser le voyage.

Qui en serait ? Était-il raisonnable d'envoyer à Los Angeles, toute seule, une petite fille de huit ans qui n'avait jamais fait son lit, ne s'était jamais préparé son chocolat au lait et que Madame Jacqueline habillait encore tous les matins après l'avoir coiffée et nattée, puis déshabillait en rentrant du jardin du Luxembourg, baignait, essuyait avant d'écouter ses exigences quant au menu du dîner.

Je voyagerais avec ma grand-mère. Nous logerions chez son frère américain qui nous avait déniché, grâce à un de ses collègues avocats, le nom de l'agent de Fred Astaire et son adresse. J'avais beaucoup grandi en deux ans, la robe jaune se révélait un peu trop courte. Elle ne dévoilait plus aussi délicatement les chevilles. Un ruban fut ajouté par Madame Jacqueline en bas de la jupe.

Si je dansais très très vite, cette absence de délicatesse dans la longueur devenait floue. Je me suis entraînée tous les soirs dans le long couloir du Val de Grâce, entrouvrant la porte de la salle de bains des parents, ce qui me permettait de m'admirer dans la glace pour le saut final. Je n'avais vu le film que deux fois. Une séance au cinéma Action Écoles de la rue des Écoles. La seconde fois, une maladie factice m'avait permis de rester à la maison un lundi après-midi et de revoir le film sur FR3. J'avais repéré dans les programmes télé du *Monde*, les magazines télé n'avaient pas d'existence au Val de Grâce, que la station régionale allait diffuser *Shall We Dance* dans le trou de ses programmes d'après-midi. Je m'entraînais donc avec les seuls ressorts de ma mémoire et un peu d'imagination. J'avais la musique en tête. Celle de la dernière danse surtout. Celle où, enfin, Fred et Ginger, Peter Peters et Linda Keene, dans le film, s'avouent leur amour. Le magnifique bouquet final me laissait hoquetante de joie.

Je pourrais enfin vivre la scène en vrai. Fred Astaire, soixante-seize ans, et moi, huit.

Cela me paraissait absolument normal, sauf quand j'en parlais à mes copines de classe. Valérie me traitait de menteuse. Non seulement tu es une menteuse mais en plus une menteuse bête. Invente au moins un mensonge avec Claude François, ton truc avec Fred Astaire est nul.

Coralie, elle, trouvait cela chouette, Fred Astaire. T'as de la chance. Mais elle s'inquiétait pour moi « Et si c'était un faux Fred Astaire qui t'avait écrit ? » J'ai eu un doute moi aussi en arrivant avec ma grand-mère et mon grand-oncle devant la grille du manoir de Fred Astaire à Bel Air.

Tout plaisir avait disparu, un trac immense et très mal au ventre. La robe jaune me serrait aux bras et à la taille.

Une jeune femme en blouse blanche nous introduisit dans une grande salle de répétition, identique à celle de la Schola Cantorum, rue Saint-Jacques, où je prenais des cours de danse deux fois par semaine. Un parquet clair, de grandes glaces sur les murs et une barre.

Rue du Val-de-Grâce, le piano était droit, à Bel Air, c'était un demi-queue, un Steinway bien sûr. Fred Astaire est arrivé, vêtu d'un pantalon élastique noir, d'un sweat-shirt gris et de chaussons de danse rythmique. Il était accompagné d'une femme âgée, avec des cheveux mousseux roses et une robe à grosses fleurs turquoise.

Nous nous sommes tous serré la main à tour de rôle. D'abord ma grand-mère et mon grand-oncle. « *So nice to meet you* », a dit Fred Astaire.

J'avais répété « *Thank you so much* » et, dans le trouble du moment, je ne me suis souvenue que de la blague de ma grand-mère. « *Thank you Paris-Match.* » Fred Astaire s'est penché vers moi, m'a embrassé le front et m'a dit « *Well, miss, shall we dance ?* » J'ai éclaté en sanglots. Même avec huit ans de Val de Grâce derrière moi et une certaine habitude de voir tous mes rêves se réaliser, c'était trop. Fred Astaire qui n'avait pas l'habitude des enfants a fait une énorme grimace. Ma grand-mère a essuyé mes larmes avec le mouchoir en coton blanc qui glissait toujours de sa manche gauche. La dame rose s'est mise au piano et a repris l'air final de *Shall We Dance*. Je me suis élancée, toute seule comme j'avais l'habitude de le faire. Au lieu de taper des mains contre les murs étroits du couloir des chambres du Val de Grâce, Fred Astaire tournait autour de moi et me prenait la main pour me relancer à chaque fin de pas. Je ne voulais jamais m'arrêter. J'ai continué encore quelques minutes alors que la musique s'était tue mais, dans mon élan, je ne l'avais pas entendu. Fred Astaire m'a montré comment saluer. En plongeant la tête jusqu'aux genoux. À soixante-seize ans, il avait la grâce d'un jeune homme et, à huit ans, j'avais la raideur d'une vieille dame.

Il nous a proposé d'assister à sa répétition quotidienne avec le goûter, du thé glacé et des cookies.

Le plus beau spectacle auquel j'ai assisté.

Il s'est d'abord échauffé à la barre, reprenant les positions de la danse classique. Puis il s'est mis à danser pour de vrai. La dame rose a d'abord joué *Chantons sous la pluie*. Fred dansait tout seul, pourtant quand je me remémore cette scène, je suis persuadée qu'il avait une partenaire. « J'ai toujours été jaloux de Gene », a avoué Fred en me lançant un clin d'œil. Il a enchaîné sur *Carioca*, puis sur *The Gay Divorcee*.

Nous avons tous applaudi, Fred Astaire aussi, puis il a baisé la main de la dame rose. Il a plongé la tête très bas et nous sommes tous partis goûter dans le jardin. J'écoutais avec un sourire béat la conversation des grands en anglais à laquelle je ne comprenais rien. Ma grand-mère a pris une photo. Fred Astaire est assis dans un fauteuil en osier blanc orné de deux pans de chaque côté qui élargissent encore davantage ses grandes oreilles. Je suis debout sur sa gauche dans ma robe jaune. En partant, j'avais une crampe aux joues d'avoir trop souri. Quand on ne veut pas croire au Val de Grâce et à ses vertus magiques, je montre la photo.

« Et ça ? de la crotte de bique ? Regarde, j'ai huit ans, la même robe que Ginger Rogers dans *Shall We Dance*, et le vieux aux grandes oreilles, tu le reconnais ou je te parle plus jamais ? »

Je n'ai pas rêvé, ces souvenirs si forts, je ne suis pas la seule à les avoir. La preuve que tout cela a existé pour de vrai, que je n'invente rien. Val de Grâce est resté vivant dans d'autres mémoires que la mienne.

– *J'ai dormi dans toutes les pièces, le bureau de l'entrée, les chambres du fond, le canapé du salon. La seule chose qui inquiétait ta mère est l'idée que je prenne un bain dans sa baignoire et que j'y laisse des poils.*

– *Les draps usés aux motifs soixante-dix, très fleuris et très colorés. Vert pomme, orange, rose. Je me souviens d'un coup de pied dans un drap, suite à un rêve agité, et du drap en lambeaux. Mon inquiétude le matin face à cette destruction. Le drap a vite retrouvé une autre fonction. Un costume de fantôme, les trous pour les bras étaient déjà là, il a suffi d'en ajouter deux petits pour les yeux.*

– *À la fin, ta mère avait l'obsession de tout garder à l'identique. La couleur des murs, la place des objets, comme au temps de la splendeur.*

– *Le mélange d'usure, de la moquette, des meubles, des peintures, qui tendait à faire croire que l'argent avait déserté Val de Grâce, et de sacs de magasins de mode qui traînaient dans l'entrée, signe qu'il restait de l'argent à dépenser dans des choses inutiles.*

– *Le frigo rempli de bols et de boîtes renfermant des restes. Il fallait les manger avant d'entamer autre chose. De ce fait, les repas étaient une continuité de restes. On commençait par des restes, terminait par un nouveau plat, qui n'était pas terminé, car on était repu des restes. Le plat entamé se transformait donc en restes pour le repas suivant.*

– *La table à journaux de la chambre d'Hélène. J'y ai lu mes premiers* Vanity Fair.
Le lit de jeune fille de sa chambre. Tout sauf un lit de femme et encore moins de couple, trop étroit, trop blanc, trop fleuri et tarabiscoté.

– *L'armoire de la salle à manger. Les piles d'assiettes ébréchées, de verres cassés.*
Les services de repas successifs. Trois dîners de suite, les amis de Marine, les tiens, ceux de ton frère dans la cuisine, un dîner parallèle dans le salon avec ta mère et ses amis. Et puis aussi la façon dont peu à peu toutes les pièces se sont transformées en salles à manger. Le salon, la grande chambre, la salle de bains des petits.

– Ta mère fumant une cigarette dans la cuisine, ta sœur nue assise sur la table. Elle a douze ans.

– La première fois que je suis venue c'était en soixante-quatorze. À chacune de mes visites, de plus en plus fréquentes, car Val de Grâce était si attirant, le décor changeait. J'étais à l'affût des nouveautés. Le fauteuil Charles Eames. La chaise longue Le Corbusier recouverte de poulain dont ta mère rêvait. Une nouvelle moquette, une nouvelle lampe, la première Tizio que j'ai vue, c'était au Val de Grâce, avant qu'elle ne devienne à la mode, les fauteuils recouverts d'un nouveau cuir. Il y avait chaque fois des objets d'étonnement. Puis, au début des années quatre-vingt, quelque chose s'est figé. Je ne m'en suis pas tout de suite rendu compte. J'ai commencé à remarquer des objets démodés, des meubles fatigués. La course perpétuelle vers l'étonnement s'était arrêtée.

Auparavant, j'arrivais au Val de Grâce curieux de ce que j'allais trouver. Désormais, je me rendais chez vous rassuré. Rien ne changeait. Une vague inquiétude m'a pris beaucoup plus tard, au début des années quatre-vingt-dix, quand je voyais le jour à travers les rideaux vieux rose du salon devenus transparents.

– Mais vous êtes Colombe Schneck, des Schneck du Val de Grâce ? On parlait de vous chez nous. Des professeurs d'université, des intellectuels habitaient dans de grands appartements à côté du Luxembourg. Un cinquième arrondissement qui n'existe plus.

Il y a un mini-canapé dans ma chambre et cela change tout. Ce n'est pas une chambre d'enfant mais une antichambre, un salon miniature pour recevoir mes amis. Un privilège, je suis la seule enfant du Val de Grâce et du monde tel que je le connais à posséder un tel meuble. Il s'agit d'un lit de repos aux accoudoirs en bois sculpté. Il est recouvert d'un cuir bleu marine. J'accroche des cadres avec des photos. Des photos de famille, surtout des photos de moi, celle avec Fred Astaire bénéficie d'un encadrement fait sur mesure. Accrochée à côté, comme s'il s'agissait d'une proche, une photo de Lauren Bacall.

Je passe des heures à classer mes livres par collections et, à l'intérieur des collections, par auteurs. Les « Contes et Légendes ». Les « Bibliothèque rose » puis « verte ». *Le Clan des sept* et *Le Club des cinq*. *Fantômette*. Les « Garnier rouge et or ». Mon premier gros livre de grande. *Autant en emporte le vent*. C'est un déchirement de rendre les livres empruntés et lus de la bibliothèque. Je collectionne les amendes, les lettres de réprimande.

Je refuse de lire un livre imposé par mon professeur de français en sixième. Un livre pour les enfants de mon âge. Je suis convoquée un mercredi après-midi à l'école pour me justifier. Je convaincs mon professeur que cette lecture ne m'apporterait rien. Mes parents sont épatés.

Je vole des livres dans la librairie de la rue Le Verrier, chez Autrement, boulevard Saint-Michel. Je n'en ai jamais assez. Je deviens fétichiste en livres. Je les range tous les dimanches. Je relis mes préférés des dizaines de fois sans me lasser, me perdant dans ces lectures comme s'il fallait oublier. Mais oublier quoi ?

Je suis persuadée de tout savoir aussi bien que les grands, ma chambre est un Val de Grâce miniature. J'invite ma copine Valérie et je lui raconte tout. Laure et T. Les cris que j'ai entendus à travers la bouche en laiton. Nous avons dix ans. Si ce n'est pas suffisant, j'invente.

« J'ai vu Laure et T. s'embrasser sur la bouche avec la langue dans l'escalier du Val de Grâce. Je me suis cachée et je les ai vus. Je t'assure, T. a glissé sa main sous le pull de Laure. Et à ce moment-là, la femme de T. est sortie de chez elle, heureusement, ils l'ont entendue. Laure s'est réfugiée chez nous. Elle a tout raconté à ma mère. Si tu veux, je te répète tout. »

Valérie était à la fois effrayée et fascinée. Très vite, à son tour, elle s'est mise à me donner des informations sur T. Qu'elles fussent vraies ou inventées, peu importait. Un mélange de ragots à caractère mi-sexuel, mi-sentimental.

« T., boulevard Saint-Michel avec une jeune femme brune. Ce n'est pas Laure. »

Qui est cette jeune femme brune ? Et si T. avait une triple vie ?

Nous sommes affolées. Faut-il prévenir ma mère ?

« Laure et T. Ils s'embrassent dans l'ascenseur. Ils montent jusqu'au cinquième puis redescendent, trois fois de suite. J'ai compté. Je te promets, les grands font des trucs comme cela. »

Il me suffisait de quelques phrases glanées en écoutant les conversations téléphoniques de Laure et T. pour imaginer d'incroyables rebondissements. Et un jour, nous avons arrêté de jouer à Laure et T.

Ma mère m'a retiré l'écouteur. Je ne l'ai jamais vue pleurer mais j'ai compris qu'elle était bouleversée.

Je n'ai pas tout de suite compris. Les allées et venues dans l'escalier du Val de Grâce. Des policiers, des photographes. Et la voiture des pompes funèbres.

Dans un numéro spécial consacré à T., *Paris-Match* publie des photos d'avant. Elles sont intitulées « Les images du bonheur ». Et une interview d'avant. « Dix ans de mariage, et je suis toujours très amoureux. »

Des mensonges. Ça, je l'ai tout de suite compris.

T. et sa femme blonde posant devant une piscine turquoise. La famille de T. à table pour le petit-déjeuner et les grands enfants qui sont absents. Les photos de lui avec ses amis célèbres. Des mensonges.

J'ai entendu T. crier « Je n'en peux plus de cette vie-là. » J'ai entendu Laure tout raconter. Les tourments de T. La femme blonde de T. et ses nouveaux enfants.

Les promesses de T. à Laure « Il partira après les vacances de Noël ». Il n'est pas parti.

Je me souviens d'une conversation entre ma mère et Laure. Un an avant la mort de T.

« Tu as confiance en lui, tu sais qu'il t'aime », affirme ma mère à Laure qui sanglote.

Et j'aimerais que cela soit l'inverse. Que ce soit Laure qui rassure ma mère. Qu'elle aussi ait un amant qui l'inquiète. Elle est si belle.

Et quand T. meurt, dans la cruauté de mes quatorze ans, j'envie Laure d'avoir été tant aimée. Je devine enfin que les grandes personnes peuvent avoir des chagrins, T., mes parents, Madame Jacqueline, avant de disparaître les uns après les autres.

Pendant les six mois qui ont suivi la mort d'Hélène, Val de Grâce a vécu un nouvel éclat. Il y a eu des fêtes, les meubles ont retrouvé leurs places. Seuls ceux qui le connaissaient intimement percevaient les changements. Le vide. Val de Grâce n'était plus habité. L'absence d'odeur de tabac froid. Et, déjà, les quelques tableaux vendus ou emportés par les enfants.

Un après-midi, les trois enfants se sont retrouvés pour décider de l'avenir du Val de Grâce et de son contenu. Il fallait vendre. J'aurais aimé garder tout figé, créer un musée du Val de Grâce. Avec les photos de nous, enfants, nos dessins et tous les meubles.

Exposées sous verre, les deux têtes de lapin gants de toilette, l'une jaune avec les oreilles roses et l'autre, une bleu ciel avec les oreilles rouges.

Quelques notices explicatives sur notre vie. Photocopié le livre que j'avais écrit en sixième pour raconter l'histoire qui reliait les tableaux de la salle à manger. La vache géante, le général à moustache, l'usine et la carrière d'extraction, le petit chemin sous la neige. On aurait pu changer la moquette, repeindre les peintures écaillées par les angles métalliques de la chaise roulante. L'entrée aurait été gratuite pour les fidèles, ceux qui, contrairement à moi, n'avaient pas fui pendant les cinq mois où Val de Grâce s'était transformé en hôpital pour malade incurable. Les autres, curieux de comprendre comment on élevait des enfants à la fin du XXe siècle, n'auraient à payer qu'une somme modique. Les visiteurs auraient-ils été choqués ou envieux de nos mauvaises manières ? Les livres, les vêtements, les jouets, les sorties au drugstore Saint-Germain, le cinéma puis le croque hawaïen avec un Coca, les déjeuners à La Closerie des Lilas. J'avais onze ans, j'hésitais sur le choix des huîtres, regardant les numéros, ne connaissant pas leur signification. Mon père d'autorité avait choisi pour moi les plus chères. J'en avais été flattée. Je n'avais pas de doute, je méritais le plus cher, le mieux, le plus beau. Tout m'était dû. Les visiteurs auraient certainement été choqués.

Je ne savais pas. Pensais normal que le monde entier tourne autour de nous. Il était fabriqué à notre mesure. Et cette démesure vaut bien un musée. Je n'arrive pas à me souvenir de ce qui pouvait être triste et médiocre. La moquette usée ? La peinture qui s'effrite, les griffures de chat sur les fauteuils en cuir, non, tout cela appartient à un monde qui ne ressemblait en rien à celui des autres.

Quand il a fallu vendre, un couple a acheté la plupart des meubles. La grande table de salle à manger en marbre veiné de brun et de blanc, les chaises en métal, la table aux marqueteries d'ivoire, la table basse en métal et marbre, une lampe Lalique, le lustre vert pâle et le lustre Daum rose et jaune de l'entrée. Ont-ils créé eux aussi un musée du Val de Grâce chez eux ? Je ne les ai jamais rencontrés. Monique, qui avait conseillé mes parents vingt ans auparavant dans ces achats, a servi d'intermédiaire et a vendu une deuxième fois ces mêmes meubles vingt ans après. Je n'ose imaginer leur appartement. La même salle à manger, les mêmes repas, les mêmes conversations ? Ont-ils hérité notre chance ?

Une fortune injuste, incompréhensible.

Pas une faute, pas une erreur qui n'ait été réparée. Il suffisait d'attendre un peu. Comment expliquer que, lycéenne puis étudiante, je ne révisais jamais les programmes des examens en entier car j'avais la certitude d'être toujours interrogée sur la partie que je connaissais ?

Avant de vendre, on a tout partagé. Qui garde quoi ? En deux heures, sans heurts, sans reproches, sans discussions, comme on avait été élevés, chaque enfant a choisi son Val de Grâce. Le Cantique des cantiques offert à ma grand-mère maternelle avec une dédicace d'un amoureux américain a suscité cinq minutes de débat. La sculpture de Fautrier, dernier achat du père des enfants, aussi. Chacun s'étonnant de l'unicité de son désir. Ce qui plaisait tant à l'un, évoquant tant de souvenirs, ne suscitait qu'indifférence chez l'autre. Quoi, tu ne veux pas des Cinquante assiettes fleuries ? La vache géante qui finit les betteraves à ta place, la petite fille sous la neige, la carrière de sable qui permet les meilleures glissades ?

Les verres Lalique dépareillés, les couverts à poisson, le plat à asperges qui ne sert qu'une fois par an, les draps déchirés mais si doux, les nappes aux taches indélébiles, les tapis élimés, tout a tant de valeur. Chaque tache, chaque trou, est la plus belle des promesses. Tu as raison d'être heureuse, optimiste, ta vie est pleine de taches et de trous, quelle importance ?

Aujourd'hui dans ma nouvelle maison, à Raspail, j'ai caché plein de petits Val de Grâce. En voici la liste.

Un pull en cachemire orange. Il a un col rond, des torsades sur le devant. Il semble neuf. Pas une peluche mais, si on regarde bien, à la hauteur des coudes la laine est presque transparente, l'orange est par endroits un peu plus sombre. J'ai longtemps trouvé ce pull, à cause de sa couleur, très laid. Il avait un jumeau. Le même en bleu marine avec un col roulé. Ils venaient tous les deux de la même boutique. Marie Martine, rue de Sèvres. Marie Martine a disparu. Le pull bleu marine aussi. Il me reste le orange. Je le porte souvent. Il me rappelle ces années soixante-dix où, au Val de Grâce, on achetait des vêtements chers et importables.

Une petite boîte ovale en noyer. Sur le dessus, une marqueterie abstraite. Un cadeau de mon père pour mes dix-huit ans. Je l'ai refusé. Non, cela ne me plaît pas. À dix-huit ans, j'étais capable de pleurer pour un cadeau mal choisi. Du coup, j'ai eu le droit à un deuxième cadeau. Un tableau. Une jolie maison rose cachée par la verdure. Lors d'une émission de radio, il y a quelques semaines, j'ai retrouvé par hasard l'antiquaire qui avait vendu ce tableau à mon père. Ils étaient amis. Quel type incroyable, votre père. Il sentait si bon. Et elle a ajouté « Il avait un charme fou. » Ma gorge s'est serrée.

Deux énormes fauteuils en osier tressé. Ils avaient juste la bonne taille au Val de Grâce. Hors du Val de Grâce, ils paraissent démesurés. Ils ont été fabriqués dans les années trente mais, en raison de leur taille, ils n'ont jamais trouvé d'acheteur. Ils sont restés quarante ans, encombrant la même boutique, jusqu'à la rencontre avec mes parents. Le vendeur était trop content de s'en débarrasser.

Ils sont tellement grands que, cachées dans chaque accoudoir, des niches conçues pour les journaux et les livres nous accueillent nous petits, puis le chat Toto.

J'ai trouvé un rempailleur spécialiste de l'osier. Il a minutieusement retressé les liens défaits.

Chez nous, les fauteuils prendraient trop de place, m'a convaincue le père de mes enfants. Personne n'a voulu les acheter. On les a descendus à la cave.

J'ai gardé aussi les albums photo. Les seuls objets laids du Val de Grâce. En plastique bleu, les photos sont tout de travers. Il n'y a pas une page où elles sont bien collées. Les couleurs baveuses, les grands ont les yeux fermés, les enfants font des grimaces à cause du soleil. Sur les photos de fête, les visages des grands sont cachés par la fumée des cigarettes. Les enfants sont habillés en jaune, en orange ou en rouge. Ils posent avec le mouton et le poney et le chat.

Trop de monde, on ne voit personne vraiment.

Je ne me souviens pas d'avoir été distinguée. Toujours fait partie d'un groupe, celui des petites, des filles, des enfants.

Dans ma nouvelle maison, j'ai gardé une des rares photos où je pose seule. J'ai sept ans et je suis déguisée en bohémienne. Je passe mes vacances dans un home d'enfants en Suisse. J'adore ces vacances-là dans un groupe encore plus grand où j'arrive à me différencier. On prend une photo de moi et je pose à part, car je suis l'unique petite fille à avoir choisi ce déguisement.

Une autre photo. Nous sommes, les trois enfants, devant la grille du jardin du Luxembourg. Nous portons des jeans. Les premiers pour enfants, rapportés des États-Unis. On pose, les yeux plissés à cause du soleil, pas vraiment conscients de l'importance de ces jeans tout neufs. Les grands devaient être fiers de ces enfants si beaux et pas comme les autres. Nous étions uniques.

Il fallait s'accroupir pour bien le regarder, caché dans l'entrée, posé sur la tablette la plus basse de la huche en fer forgé, un bas-relief roman, avec ces deux personnages aux yeux clos. Un tisserand et sa femme. Il fallait être à hauteur de petit enfant pour comprendre ce que dissimulaient leurs yeux pleins. Des heures assise par terre dans l'entrée pour imaginer leur vie. Leur histoire au Val de Grâce je la connaissais. Jeunes mariés, mes parents s'étaient arrêtés devant cette église proche de Vichy vendue morceau par morceau. Était-ce légal ? Ils avaient acheté cette pierre. En rentrant, on leur avait reproché de dépenser ainsi leur peu d'argent.

Pour moi, c'était le plus bel objet du Val de Grâce. Quand nous avons décidé de vendre, je craignais une dispute. Qui allait pouvoir garder les tisserands ? Je ne voulais qu'eux et la toute petite montre. Ils sont à moi. Je n'ai eu qu'à dire « J'aimerais bien les tisserands et la montre. » Tout Val de Grâce est là désormais. Cette toute petite montre à mon poignet, ce qu'il reste du temps brillant qui a disparu. Inutile et mal commode avec son minuscule mécanisme en or. Il faut la remonter très doucement chaque jour à la même heure. Elle a besoin d'être examinée et révisée régulièrement. Les chiffres romains sont à peine lisibles. Difficile de donner l'heure de manière précise. Elle est à mon poignet. Je la regarde de temps en temps. Elle est toujours là. J'ai eu plusieurs fois peur de la perdre. Je me suis affolée. Oubliée dans le vestiaire d'une piscine. Oubliée sur un lavabo. Il faut bien sûr l'enlever pour se laver les mains. Le mécanisme ne supporte pas la moindre goutte d'eau. Au début, je ne savais pas. Il n'y a pas eu de transmission. Hélène ne m'a pas dit « Je te donne ma montre, fais attention, ne te lave pas les mains avec. » J'en ai hérité sans mode d'emploi, j'ai fait quelques bêtises. Très vite, elle s'est arrêtée de marcher. Elle a passé cinq longs mois chez un horloger spécialisé dans les montres anciennes. Il l'a admirée. Ce modèle, on ne le fait plus. Un mécanisme aussi petit. Les nouveaux modèles sont à quartz. Il la trouvait très intéressante. Unique. Il a répété « unique », comme s'il connaissait le Val de Grâce.

Aujourd'hui, tout va bien. Il a fallu changer le verre biseauté fait sur mesure. Le saphir qui sert de bouton-poussoir est endommagé. Il n'a pas été changé. Trop cher. Le bracelet en lézard à bout de forces, presque déchiré, d'un bleu passé a été remplacé.

Je me souviens quand il a été inauguré. Ma mère était ravie de son audace, la seule à avoir osé un bleu aussi vif. Le mien est bleu marine. Je n'ai pas eu le cran.

Les tisserands ont une belle place chez moi. Dans la salle à manger. On ne voit qu'eux. Les murs sont blancs. Les enfants n'ont pas à s'accroupir pour imaginer la vie des tisserands du Moyen Âge. Ils sont à la bonne hauteur. Leur regard clos est toujours aussi présent. Ils nous surveillent, ils veillent à ce que notre vie ne soit pas trop normale, que l'on ait gardé quelque chose d'unique en nous.

Dans ma chambre à Raspail, j'ai posé sur la cheminée en marbre mauve, identique à celle de la chambre d'Hélène au Val de Grâce, une photo de chez Harcourt. Elle date de 1938. Un portrait de ma mère à l'âge de six ans. Un costume de marin, les cheveux bruns courts, la raie sur le côté, avec une barrette pour retenir une mèche. Elle sourit avec, dans les yeux, le regard le plus confiant du monde. Elle n'est qu'une petite fille et elle pose pour le photographe des stars du cinéma. Un an avant le début de la guerre, trois ans avant le statut des Juifs du maréchal Pétain. Son Val de Grâce est avenue de Friedland, une large avenue bordée de marronniers. La photo Harcourt a disparu pendant la guerre. En 1991, les studios Harcourt sont de nouveau à la mode. L'adresse est la même, rue Jean-Goujon. Le négatif de 1938 est intact. Cinquante ans pour retrouver ce regard si confiant. Les enfants sont grands et en bonne santé.

Et tant de choses encore. Une trentaine de mouchoirs en batiste très fin, des blancs, des brodés de quelques fleurs, en dentelle, des bleus, des vert pâle, un jaune clair, des roses unis, des carreaux bleus et blancs.

C'est pourquoi j'ai conservé dans cette armoire de Raspail un mini-musée clandestin du Val de Grâce.

On peut contempler un haut de pyjama d'homme, le bas a disparu, le sweat-shirt jaune

Charlie Brown, la robe de chambre violette, la ceinture en daim noir et sa boucle en métal argenté, des foulards indiens en soie, un déguisement de majorette, des gants de mariée, un chapeau à voilette blanche, une robe yéménite marron à broderies rouges, une blouse roumaine blanche, elle aussi avec des broderies rouges, une robe de petite fille rapportée de Californie, à carreaux rouges et blancs, avec une collerette blanche, un plastron blanc brodé de fleurs vertes. Un déguisement et à la fois une vraie robe chic pour les anniversaires. Elle peut se transformer avec quelques accessoires. Une guirlande dorée par exemple. J'ai la photo. Je peux vous la montrer. Cette robe en taille six ans est très pratique. Il faut la garder comme ce chapeau en soie sauvage blanche agrémenté d'un gros nœud qui transforme n'importe qui en meringue vivante. On ne sait pas, il peut redevenir à la mode.

Dans une boîte à part, pliée dans du papier de soie, une copie miniature de la robe de Ginger Rogers dans *Shall We Dance*. Elle est jaune pâle en taille six ans.

Il serait faux de croire que ce qui reste du Val de Grâce est inutile, intouchable, rangé dans des boîtes à l'abri de la poussière.

Certains ustensiles sont utilisés tous les jours. Le beurrier rond en porcelaine anglaise bleue et blanche, décorée d'un motif champêtre. Il a été cassé et réparé. La soucoupe laisse apparaître une cicatrice que le beurre a rendue encore plus visible. Il est d'un ton un peu plus foncé que les bords de l'ancienne brisure. Les couverts à poisson, le plat à asperges, les couteaux aux manches d'ivoire que l'on doit laver à la main, les fourchettes à dessert sont rangés dans la même feutrine marron.

Chez moi, encore. Un plat à asperges en porcelaine représentant de fausses asperges peintes en mauve et vert pâle. Un cylindre en métal argenté, à l'intérieur un second cylindre pour gratter les noix de muscade dont on parfume la purée de pommes de terre.

Comme au Val de Grâce, je fais attention.

Il faut qu'il y ait toujours assez dans le réfrigérateur. On ne sait jamais. Si des gens passaient à l'improviste, s'ils avaient faim, y aurait-il de quoi les accueillir dignement ?

Je peux sortir les couteaux en ivoire, le plat à asperges.

Ils pourraient visiter le musée du Val de Grâce, en haut, dans mon placard. Et, après, vivre une véritable expérience Val de Grâce. Des enfants nus dans la cuisine qui n'ont pas fait leurs devoirs et qui ne se sont pas lavé les dents.

Ou des enfants déguisés en majorette, en bohémienne et en pirate, les devoirs ne sont toujours pas faits. De toute façon, personne n'a vérifié. J'ai neuf ans et je suis surprise, une bonne note à une dictée que l'on devait préparer à la maison. Un exercice qui nous est demandé toutes les semaines, exercice auquel je refuse de me plier. Et, un dimanche, peut-être par souci de tenter une expérience, j'ai préparé ma dictée et obtenu un sans-faute. Quelle surprise cette bonne note, il suffit de faire ses devoirs et voilà une bonne note. Personne ne me l'avait expliqué. Le rapport entre la bonne note et le travail était magique, comme le reste.

Aujourd'hui, mon seul tourment est celui-ci :
Comment organiser les choses au cas où ma mère reviendrait ?

Elle serait certainement déçue par notre organisation. Comment justifier que ses vêtements soient portés par d'autres, même s'il s'agit d'amies chères à son cœur ? Le partage des meubles, les tableaux éparpillés. La vente de l'appartement.

Une brève visite chez le nouveau propriétaire – avant qu'il n'emménage, il nous appelait gentiment mais régulièrement pour nous demander de bien vouloir le débarrasser de nos restes – m'avait permis d'apercevoir les changements du Val de Grâce. Il avait tout repeint en blanc.

En cas de retour d'Hélène, faudrait-il retrouver les couleurs et les papiers d'origine après avoir convaincu le nouveau propriétaire de nous rendre Val de Grâce en échange de son chèque ?

Comment lui dire que nous avions mis à sac l'appartement ? Où trouver les papiers anglais doré et argenté ? Étaient-ils toujours fabriqués ? Et les couleurs ? Heureusement, j'ai toujours chez moi l'éventail d'échantillons de Sikkens, le fabricant de peinture hollandais. Mais comment retrouver parmi les quinze nuances de vieux rose celle du salon ?

Il y a toutes ces questions auxquelles je dois me préparer à répondre. Et j'ai peu de doute sur la première. Le retour d'Hélène à la vie. Finalement, c'était une chose infime qui l'avait propulsée dans le monde des morts. Il en faudrait aussi peu pour qu'elle revienne et nous demande de nous justifier sur la disparition de son royaume.

Un matin d'avril, elle s'était réveillée avec une très légère douleur au petit doigt de la main droite. Une gêne, plus qu'une douleur, qui l'avait empêchée de tenir fermement les pinces nécessaires dans son travail, des soins de chirurgie dentaire pour les enfants handicapés.

« Il m'arrive un drôle de truc », m'avait-elle dit au téléphone alors que cette gêne s'était amplifiée dans la journée. Typiquement Val de Grâce comme entrée en matière. « Un drôle de truc », une expression qui cachait « un truc qui pourrait être grave ». Mais aucun « truc grave » ne pouvait arriver au Val de Grâce, juste un « drôle de truc ».

Quand le truc vraiment grave débarquait, on ne pouvait empêcher la vraie vie, avec toutes ses douleurs, de frapper à la porte, on avait plusieurs solutions. Le cacher le plus longtemps possible. L'ignorer jusqu'à ce qu'il disparaisse devant tant de mépris. Le minimiser, ce n'est pas vraiment grave, ce cambriolage, la dépression de Laure, le chômage du père de Mathieu, que Valérie redouble et que Thomas se drogue, cela passera.

N'empêche qu'au départ, là aussi, ce n'était pas vraiment grave.

Il ne s'agissait pour Hélène que d'une légère gêne, à peine douloureuse. Rien qui ne pourrait l'empêcher de revenir réclamer Val de Grâce et d'exiger sa remise en état.

Elle me demandera certainement « Où est Val de Grâce ? Qu'avez-vous fait de ma chambre ? Où est passé mon lit ? »

Je pourrais lui aménager une chambre à Raspail.

Serait-elle dupe, comme tant de visiteurs de Raspail, de sa fausse beauté ? Ferait-elle semblant de croire, comme moi, que Val de Grâce existe à nouveau ?

Je pourrais peut-être faire illusion, comme j'avais si bien su le faire jusqu'à présent.

Récupérer le grand lit blanc avec ses barreaux fleuris en fer forgé. Installer le petit sofa en velours rose, les tables de chevet en acajou, le cendrier en faux sucre durci rose, ses cigarettes sans filtre, sortir de mon musée personnel les robes de gitane, quelques mouchoirs. Lui rendre sa montre. Avec regret. Ou pas ? Dire que je l'ai perdue et la garder en cachette ? J'en suis peut-être capable.

M'asseoir sur le fauteuil trop mou, lui laisser la meilleure place, allongée sur le lit, lui allumer une cigarette et lui raconter tout ce qui s'est passé pendant son absence.

Comment T. avait quitté Val de Grâce pour rejoindre son amie Laure. L'histoire de son suicide telle que l'ont publiée les journaux est fausse.

Les amants vivent tous les deux sur l'île de Paros en Grèce.

« Tu sais, ils sont très heureux. Ils ont rejoint la femme moustachue et son amoureux officier. La petite fille a enfin quitté son paysage enneigé. Les revenus de l'usine et de la carrière de sable leur permettent une vie agréable. »

Si elle me reproche d'avoir vendu Val de Grâce, si elle perçoit les défauts de Raspail, je sortirai ma dernière cartouche.

« J'ai eu une petite fille, elle s'appelle Salomé. Tu te souviens de ce que tu m'as demandé quand j'étais enceinte de son grand frère ? "Si jamais tu as une fille, tu peux lui donner comme deuxième prénom Salomé. Le prénom de ma cousine qui a disparu à dix ans et dont il ne reste rien, même pas une photo. Elle était ravissante et très gaie. Ainsi, elle sera toujours vivante." »

Quand ma fille est née, quelques mois après la vente du Val de Grâce, je me souviens de l'avoir regardée avec stupéfaction. Personne ne m'avait prévenue ou peut-être mon esprit était-il trop étroit pour l'avoir imaginé. Je ne m'attendais pas à ce qu'un bébé de quelques heures puisse être aussi beau. Avec son père, nous l'avons nommé Salomé.

Est-ce que cela sera suffisant pour me faire pardonner la vente du Val de Grâce ?

Je sais que ce n'est pas cela qui l'inquiétera.

Quand j'ai appris qu'en réalité Fred Astaire et Ginger Rogers se détestaient à tel point qu'ils ne répétaient pas ensemble leurs pas de danse et ne se fréquentaient que devant les caméras, j'avais seize ans et je ne l'ai pas cru. J'étais atteinte de sentimentalisme.

Il a fallu attendre la disparition de Madame Jacqueline pour que mes croyances, que notre histoire se terminerait toujours bien, qu'il y avait en nous de la magie, vacillent.

Quand j'ai cessé d'entendre les cris de T. à travers les bouches de laiton.

Quand mon père est mort beaucoup trop jeune.

Quand le Dr S. D. nous a prévenus et que tout s'est passé exactement comme il nous l'avait dit, j'ai compris.

La fin n'est pas forcément heureuse. Les méchants ne meurent pas toujours et parfois les meilleurs partent les premiers.

Et si je m'étais trompée ? Si j'avais épuisé ma part de chance ?

Si c'était à mon tour de payer aujourd'hui pour ce trop-plein d'amour ?

Cette bonne fortune ayant été volée à d'autres qui avaient subi des enfances sans fantaisie, il fallait leur laisser la place.

Nos parents s'étant acquittés trop lourdement pendant leur enfance, nous avions eu le droit à quelques années de répit.

Ce trop-plein est aujourd'hui épuisé. L'enchantement est évanoui.

La fatigue des meubles, de la moquette, des rideaux, l'annonce des catastrophes à venir, la disparition des parents n'était qu'une première addition.

Je le sais, j'ai encore trop. Je dois payer ma dette. Des bijoux, des vêtements, des tableaux, des meubles inutiles. Je peux donner à ceux qui n'ont pas eu ma veine. Ma chambre à Raspail, avec sa cheminée en marbre gris veiné de mauve, son trumeau peint d'une scène champêtre, ses boiseries, je la donne aussi.

Ce ne sera peut-être pas suffisant ?

Donner mes souvenirs ?

C'est fait et je les ai presque oubliés.

Comment retrouver ce qui m'avait tant envoûtée ? Où dénicher à nouveau la poésie qui façonnait notre vie au Val de Grâce ?

Comment j'ai pu oublier ?

Je sais qu'il me reste quelques miettes. Suffisamment pour me confectionner un festin.

La seule richesse que nous avons est d'être en vie.

J'étais enfin prête à quitter Raspail.

J'ai cru naïvement qu'il me fallait un grand appartement à côté du jardin du Luxembourg. C'était Raspail. Je n'avais rien compris ou tout oublié. Val de Grâce, ce n'était pas cela.

Il n'y avait qu'une ambition possible. Aimer et être aimée.

Mon seul souvenir est là. Ce sentiment d'avoir été tant aimée qu'il n'y avait ni obstacles ni limites.

Il fallait effacer tout ce qui s'était passé avant. Mes parents ont été des enfants réfugiés dans des caves, des couvents, des fermes, des champs de maïs. Ils ont menti sur leur nom, l'identité de leurs parents, leur religion. Ils ont été jetés du monde de l'enfance. En 1942, ils ont dix ans et renoncent à leurs parents, à leur maison, à leurs jouets, à recevoir des cadeaux à Noël, du chocolat pour le goûter, à être des enfants.

Ils sont allés vivre chez des inconnus où il faisait froid et où on leur faisait sentir le poids de leur accueil.

Je me souviens de la détestation de ma mère pour la religion catholique, de ses haut-le-cœur quand elle sentait l'odeur de la messe, refusant de visiter les églises. Elle n'avait aucune reconnaissance pour ceux qui n'avaient pas voulu sauver sa vie mais seulement son âme, en faisant d'elle une catholique.

Ils étaient déjà adolescents à la Libération et c'était trop tard pour jouer à nouveau. Il n'y avait que de mauvaises nouvelles. Les grands-parents, les oncles et tantes, et même la cousine Salomé, la préférée, il n'en restait rien.

Ou s'il reste quelque chose, de l'humiliation, trop de silence et des vies à construire. Quand ils avaient voulu rentrer chez eux, l'avenue de Friedland était occupée. Un individu leur avait répondu « Nous n'avons pas gagné la guerre pour laisser nos plus beaux appartements à des Juifs. »

Ils se sont vengés. Pour nous, leurs enfants, ils ont exigé davantage qu'une enfance.

La meilleure enfance possible. Le Val de Grâce, le jardin du Luxembourg, Madame Jacqueline, de la mousse et de la crème au chocolat. Des souvenirs à chérir pour mieux oublier les leurs. Comment j'avais pu oublier ?

Je me suis assise dans le fauteuil capitonné de cuir grenat, tout griffé, j'ai regardé les tisserands et ils me regardaient toujours avec le même étonnement. Comment j'en étais arrivée là ? Est-ce que j'étais à la hauteur de leurs promesses ? Oui, cent fois oui. Je suis libre et tout est possible. Je me souviens de la liberté de mes parents, de leurs voyages lointains et de leurs aventures. Du poids si léger de mon père qui ne voulait rien sacrifier, ni sa femme, ni ses enfants, à l'instant, et comme ce don, l'absence de résignation, est le plus beau cadeau qu'il m'ait fait.

Ils nous ont tout donné. Le mépris des règles injustes ou inutiles. L'indifférence pour ceux qui en seraient jaloux. L'admiration pour ce don du bonheur quand on le rencontre chez les autres.

L'émerveillement pour ceux qui ont encore davantage.

Chacun de nos dessins d'enfant était un chef-d'œuvre. Il n'y avait aucune crainte. Cet amour ne pouvait diminuer. Il ne décevait jamais et nous rendait meilleurs chaque jour. Il fallait être à la hauteur. Mériter cet engagement total. Mériter d'être les enfants d'un père qui disait « Les parents doivent tout à leurs enfants, leurs enfants ne leur doivent rien. » Mériter d'être les enfants d'une mère qui ne comprenait pas que le monde entier ne partage pas l'admiration sans limites qu'elle avait pour nous. Elle avouait sans retenue qu'elle considérait comme un bonheur inouï de nous avoir pour ses enfants. La première fois qu'elle a vu ma signature sous un article publié dans un quotidien du soir, elle m'a raconté en avoir eu le souffle coupé. Littéralement. Elle s'était allongée pour reprendre une respiration régulière. Un jour, en voiture, entendant ma voix à la radio, elle avait dû se garer. Incapable de se concentrer sur sa conduite, ni de comprendre ce que je relatais. Comme hypnotisée par ma voix, celle de sa fille.
Être aimée. Aimer.
Oui, j'ai cette ambition immense et c'est pourquoi j'ai quitté Raspail.

Le 1ᵉʳ octobre 1991, ma grand-mère Ginda a soumis au mémorial de Yad Vashem trente et un noms de membres de sa famille proche dont celui de la fille de sa sœur Raya, Salomé Bernstein, née en 1936 à Kaunas en Lituanie, et celui du fils de sa sœur Masha, Kalman Blumberg, né lui aussi à Kaunas en Lituanie, en 1942. Les dates et les lieux de décès ne sont pas indiqués dans les fiches de témoignage.

Elle a ajouté une fiche pour les trois enfants de son cousin Zlata, sans noms, ni dates de naissance.

La rentrée littéraire des Éditions J'ai lu

AOÛT 2010

INASSOUVIES, NOS VIES
Fatou Diome

HORS JEU
Bertrand Guillot

VAL DE GRÂCE
Colombe Schneck

UNE ODYSSÉE AMÉRICAINE
Jim Harrison

QUAND J'ÉTAIS NIETZSCHÉEN
Alexandre Lacroix

LE DERNIER CHAMEAU
Fellag

AVEC LES GARÇONS
Brigitte Giraud

DÉJÀ PARUS

LA MÉLANCOLIE DES FAST-FOODS
Jean-Marc Parisis

LÀ OÙ LES TIGRES SONT CHEZ EUX
Prix Médicis 2008
Jean-Marie Blas de Roblès

LA PRIÈRE
Jean-Marc Roberts

L'ESSENCE N DE L'AMOUR
Mehdi Belhaj Kacem

AVIS DE TEMPÊTE
Susan Fletcher

UN CHÂTEAU EN FORÊT
Norman Mailer

ET MON CŒUR TRANSPARENT
Prix France Culture/Télérama 2008
Véronique Ovaldé

LE BAL DES MURÈNES
Nina Bouraoui

ENTERREMENT DE VIE DE GARÇON
Christian Authier

L'AMOUR EST TRÈS SURESTIMÉ
Brigitte Giraud

L'ALLUMEUR DE RÊVES BERBÈRES
Fellag

UN ENFANT DE L'AMOUR
Doris Lessing

LE MANUSCRIT DE PORTOSERA LA ROUGE
Jean-François Dauven

Une littérature qui sait faire rimer plaisir et exigence.

9321

Composition
IGS

*Achevé d'imprimer en Slovaquie
par NOVOPRINT
le 26 octobre 2012.*

1ᵉʳ dépôt légal dans la collection : juillet 2010.
EAN 9782290015872

ÉDITIONS J'AI LU
87, quai Panhard-et-Levassor, 75013 Paris

Diffusion France et étranger : Flammarion